De la 3e à la 2de

14-15 ans

Cahier de vacances

Français
Cécile Pellissier

Maths
Bruno Bénitah

Anglais
Louise Eisenstein

SVT
Catherine Mazaud-Aujard

Physique-Chimie
Patrick Rasset

Histoire-Géographie-EMC
Nadine Daboval

Illustrations
Jérôme Sié

MAGNARD

Sommaire

Séquence 1

Français

- Les fonctions dans la phrase et dans le GN
- Modes et temps

Enfant d'ailleurs

Personne n'aurait pu dire d'où venait Mondo. Il était arrivé un jour, par hasard, ici dans notre ville, sans qu'on s'en aperçoive, et puis on s'était habitué à lui. C'était un garçon d'une dizaine d'années, avec un visage tout rond et tranquille, et de beaux yeux noirs un peu obliques. Mais c'était surtout ses cheveux qu'on remarquait, des cheveux brun cendré qui changeaient de couleur selon la lumière [...].

On ne savait rien de sa famille, ni de sa maison. Peut-être qu'il n'en avait pas. Toujours, quand on ne s'y attendait pas, quand on ne pensait pas à lui, il apparaissait au coin de la rue, près de la plage, ou sur la place du marché.

J.-M. G. Le Clézio, « Mondo », in *Mondo et autres histoires*

Rappel de cours

- Les **fonctions dans la phrase** sont :
  - **sujet** ;
  - **complément essentiel** : COD, COI, attribut du sujet, et les compléments de lieu, de temps, de mesure non supprimables (ex. : Je vais à la piscine le mardi) ;
  - **complément circonstanciel** : lieu, temps, moyen, manière, cause, conséquence, but, opposition, accompagnement, condition, comparaison.
- Les **fonctions dans le GN** sont :
  - **épithète** (ex. : de beaux yeux noirs) ;
  - **complément du nom** (ex. : un garçon d'une dizaine d'années) ;
  - **complément de l'antécédent** (ex. : des cheveux qui changeaient de couleur) ;
  - **apposition** (ex. : Mondo, cet étrange garçon, est arrivé dans notre ville).

1 Répondez aux questions.

1. Qui raconte l'histoire ?

a. ☐ Un narrateur externe

b. ☐ Un narrateur interne

2. Soulignez en vert les indices indiquant que Mondo est arrivé depuis un certain temps et en noir ceux soulignant son étrangeté.

2 Donnez la nature et la fonction des constituants soulignés dans le texte.

Constituants	Nature	Fonction
a. Personne		
b. d'où venait Mondo		
c. un peu obliques		
d. quand on ne s'y attendait pas		

3 Complétez les phrases avec la forme verbale qui convient.

a vu – verra – voit – aura vu – eut vu

1. Tom .... Chloé qui lui sourit.

2. Éléa achète le T-shirt qu'elle .... hier dans la vitrine.

3. Adam .... ses cousins dès qu'il sera arrivé chez son oncle Thomas.

4. Dans dix ans, s'il continue à voyager, Erwan .... dix pays.

5. Quand il .... l'ensemble des dégâts causés par la tempête, il appela l'assurance.

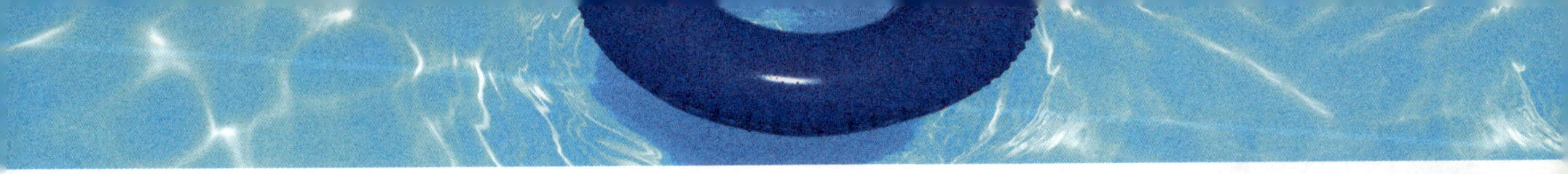

4 Soulignez les verbes au mode demandé.

1. Soulignez les verbes au subjonctif.

vienne – venons – parte – puissions – prendre – voulussent – sois – voyez – ayez

2. Soulignez les verbes au conditionnel.

viendrait – pouvait – prendrait – partirai – partais – reviendra – fallait

3. Soulignez les verbes à l'indicatif.

fasse – commençait – arriverais – prendra – vîntes – soulignant – aille

4. Soulignez les verbes à l'impératif.

va – tais-toi – vîmes – prendront – aie fini – vais – sache – viennent

5 Analysez le verbe de la première phrase du texte.

À quel mode et à quel temps est conjugué « s'en aperçoive » ?

....

6 Écrivez les verbes aux modes et aux temps qui conviennent.

Il faut que vous (savoir) .... que Mondo désire profondément que l'on (faire) .... attention à lui. C'est pourquoi il demande aux personnes qu'il (rencontrer) .... si elles (vouloir) .... bien l'adopter. Avant que les gens (revenir) .... de leur surprise, il (être) .... déjà loin. Ensuite, il disparaît jusqu'à ce qu'il (avoir) .... faim.

Rappel de cours

- Il existe **quatre modes personnels** (indicatif, impératif, subjonctif, conditionnel) et **trois modes impersonnels** (infinitif, participe et gérondif).

- Le mode personnel sert à préciser de quelle manière l'énonciateur envisage l'action indiquée par le verbe :
  – **indicatif** → action réalisée ou réalisable ;
  – **impératif** → action ordonnée ou conseillée ;
  – **subjonctif** → action envisagée, souhaitée ;
  – **conditionnel** → action probable, soumise à une condition.

- Les **temps** (simples et composés) permettent à l'énonciateur de situer l'action (ou l'état) dans la **chronologie** (présent, passé, futur).
  Le **temps composé** exprime l'antériorité par rapport au **temps simple** (ex. : Tu sortiras quand tu auras rangé ta chambre).

7 Jeu de mots

Soulignez en rouge les noms féminins, en bleu les noms masculins et en vert les noms qui peuvent avoir les deux genres.

alvéole – antipode – apostrophe – argile – armistice – astérisque – autoroute – cartouche – éloge – enseigne – entracte – épithète – hémisphère – hymne – insigne – manœuvre – méandre – ode – stalactite – tour – viscère

Maths

- Puissances entières d'un nombre relatif
- Puissances de 10 d'un nombre relatif
- Propriétés des puissances
- Écritures décimales et scientifiques d'un nombre donné

Rappel de cours

- Pour tout nombre relatif non nul a et pour tout nombre entier positif n supérieur ou égal à 2, on appelle a^n le produit de n facteurs tous égaux à a.
On écrit :
$$a^n = \underbrace{a \times a \times \ldots \ldots \ldots \times a}_{n \text{ facteurs égaux à } a}$$

- Pour tout nombre entier positif n supérieur ou égal à 1, on appelle a^{-n}, l'inverse de a^n.
On a ainsi $a^{-n} \times a^n = 1$,
donc $a^{-n} = \frac{1}{a^n}$.

Arts visuels

1 Les infographistes et les photographes disposent aujourd'hui d'écrans LCD performants. Un constructeur propose un nouvel écran affichant 68,7 milliards de couleurs. On peut aussi écrire ce nombre ainsi : 68 700 000 000 = $6{,}8 \times 10^{10}$.

Reliez chaque nombre décimal à son écriture scientifique.

1. 0,0035 •	• **a.** $3{,}5 \times 10^4$
2. 35 •	• **b.** $3{,}5 \times 10^{-2}$
3. 0,0350 •	• **c.** $3{,}5 \times 10^{-3}$
4. 35 000 •	• **d.** $3{,}5 \times 10$

2 **Reliez chaque puissance à sa valeur.**

1. 3^2 •	• **a.** 8
2. 2^3 •	• **b.** 32
3. 2^5 •	• **c.** 0,25
4. 2^{-2} •	• **d.** 9

3 **Complétez les égalités suivantes.**

1. $(10^5)^4 = 10^{\ldots\ldots}$

2. $(3^4)^6 = \ldots\ldots$

3. $10^3 + 10^4 = 11 \times 10^{\ldots\ldots}$

4. $5^3 \times 5^2 \times 5^{-1} = \ldots\ldots$

5. $10^4 - 10^3 = 9 \times 10^{\ldots\ldots}$

4 **Rémi place 1 000 € sur un plan épargne logement (PEL) à la banque. La rémunération est de 1 % d'intérêts par an.**

1. À la fin de la première année, de quelle somme dispose-t-il ?

....

2. Quelle somme aura-t-il acquise au bout de deux ans ?

....

3. Quelle somme aura-t-il gagnée au bout de cinq ans ?

....

5 Répondez par vrai ou faux.

	Vrai	Faux
1. $(-2)^{256}$ est un nombre négatif.	☐	☐
2. -2^{256} est un nombre positif.	☐	☐
3. $-2 \times (-2)^{256}$ est un nombre négatif.	☐	☐
4. $[2 + 3 \times 2(2+8)^{45} - 3(7+9)^{34}]^0$ est un nombre négatif.	☐	☐
5. $-[(-2)^2 \times (-1)^3]$ est un nombre négatif.	☐	☐

6 Pour chacune de ces propositions, une seule des trois réponses est correcte. À vous de la trouver !

1. $\dfrac{5 \times 10^{-3} \times 49 \times (10^4)^3}{35 \times (10^3)^2} =$

a. ☐ 7 000 b. ☐ 700 c. ☐ 70

2. $\dfrac{15 \times 10^{-4} \times 64 \times (10^2)^3}{40 \times (10^3)^2} =$

a. ☐ 0,0024 b. ☐ 0,00024 c. ☐ 0,0240

3. L'écriture scientifique de l'expression $\dfrac{28 \times 10^{-3} \times 15 \times (10^4)^4}{21 \times (10^3)^3 \times 5}$ est :

a. ☐ 4×10^3 b. ☐ 4×10^2 c. ☐ 4×10^4

4. $\dfrac{3 \times 10^{-5} \times 125 \times (10^4)^3}{75 \times (10^2)^3} =$

a. ☐ 5 b. ☐ 50 c. ☐ 500

Rappel de cours

• Pour tous nombres a et b non nuls et pour tous les nombres entiers p et q, on a les **cinq propriétés** suivantes :

- $a^p \times a^q = a^{p+q}$;
- $\dfrac{a^p}{a^q} = a^{p-q}$;
- $(a \times b)^p = a^p \times b^p$;
- $(a^p)^q = a^{p \times q}$;
- $\left(\dfrac{a}{b}\right)^n = \dfrac{a^n}{b^n}$.

• Un **nombre positif** est écrit en notation scientifique lorsqu'il est écrit sous la forme $a \times 10^n$ où :

- a est un nombre décimal tel que $1 \leq a \leq 10$, donc a est un nombre décimal qui s'écrit avec un seul chiffre non nul avant la virgule ;
- n désigne un nombre entier relatif.

7 Jeu de nombres

On considère un plateau carré dont chaque côté fait cinq cases.
Je place 1 € sur la première case, 2 € sur la deuxième case, 4 € sur la troisième case, 8 € sur la quatrième case, et ainsi de suite jusqu'à la dernière case du plateau.

Quelle somme sera placée sur cette dernière case ?

....

Anglais

- La phrase interrogative

Rappel de cours

- On emploie une question ouverte pour demander une information sur une identité avec ***who***, sur la nature d'une chose avec ***what***, sur le temps avec ***when***, sur le lieu avec ***where***, sur la cause avec ***why***, sur le choix avec ***which***, sur le possesseur avec ***whose***, et sur la manière avec ***how***.

- Construction : mot interrogatif + auxiliaire + sujet + base verbale
Ex. : Why did Indian soldiers fight during World War One?

- Construction : mot interrogatif + sujet + GV
Ex. : How many Indian soldiers fought during World War One?

- Construction : mot interrogatif + sujet + auxiliaire *be* + pronom personnel
Ex. : Whose idea was it?

- Construction : mot interrogatif + verbe
Ex. : What happened to them?

Indian soldiers

Approximately 1.3 million Indian soldiers served in World War One and over 74,000 of them lost their lives. They all volunteered to fight. They weren't conscripted.

Why did they choose to serve? First, volunteering offered them a chance to break through the caste system: becoming a soldier paid well and meant becoming part of the warrior caste, which gave high status. Second, they wanted to help Britain resist reactionary totalitarian systems that were threatening Europe.

Having made huge sacrifices and demonstrated military valour, Indians expected a transition to independence. Unfortunately, after the conflict, the British extended their martial law.

1 Learn and play

Partez à la recherche, dans le texte ci-dessus, des expressions anglaises correspondant aux mots suivants !

1. Se porter volontaire : ....
2. Le système de castes : ....
3. La loi martiale : ....

2 Quelles questions ont été posées pour obtenir les réponses soulignées ?

1. About 74,000 Indian soldiers were killed during the war.

....

2. They chose to fight to break through the caste system or to help Great Britain. ....

....

3 Traduisez les deux phrases suivantes.

1. Les soldats indiens n'étaient pas des conscrits mais des volontaires.

....

2. Pourquoi sont-ils devenus les soldats oubliés de l'Empire ?

....

SVT

- Caractères héréditaires
- Programme génétique
- Chromosomes
- Gènes

Tous différents

1 Voici la liste des caractères qui permettent de décrire Mila. Cochez parmi eux les caractères héréditaires.

1. ☐ Cheveux longs
2. ☐ Yeux verts
3. ☐ Tatouage sur l'épaule
4. ☐ Jambes longues
5. ☐ Lèvres fines
6. ☐ Peau bronzée par le soleil

2 Aubin et son père Laurent ne distinguent pas le vert et le rouge. Ils sont atteints de daltonisme, un caractère héréditaire. Brigitte, la mère d'Aubin, distingue correctement les couleurs. La sœur d'Aubin, Alice, ne présente pas l'anomalie. Aubin et son épouse Pauline ont trois enfants : Enzo, Thibaud et Charlotte. Seul Thibaud est daltonien. Alice, mariée avec Pierre, a deux enfants : Eliot et Mathilde. Seul Eliot est daltonien. **Identifiez les individus de la famille et repérez les individus daltoniens en coloriant leur symbole.**

! Sur un arbre généalogique, les hommes sont représentés par des carrés et les femmes par des ronds.

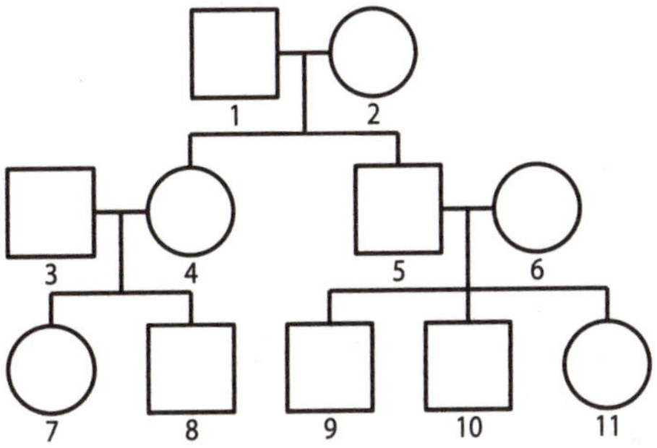

1. ....
2. ....
3. ....
4. ....
5. ....
6. ....
7. ....
8. ....
9. ....
10. ....
11. ....

3 Jeu de sciences

1. Au nombre de 46 dans les cellules humaines, nous sommes ....
2. Je suis la molécule porteuse des informations génétiques, je suis ....
3. Je suis un caractère transmis de génération en génération, je suis ....
4. Je suis une portion de chromosome déterminant un caractère, je suis ....

Rappel de cours

- Tous les individus partagent **les caractères spécifiques de l'espèce humaine**, avec des **variations individuelles** qui sont propres à chacun et qui peuvent être modifiées par les conditions de vie.
- **Les caractères héréditaires** sont transmis de génération en génération.
- **Le programme génétique** qui commande les caractères d'un individu est localisé dans le noyau de chacune de ses cellules, au niveau de ses **46 chromosomes**, constitués d'ADN.
- Ce sont **les gènes**, des petites portions de chromosomes, qui déterminent les caractères d'un individu. Pour tous les individus d'une même espèce, un même gène sera toujours localisé au même niveau sur les deux chromosomes d'une paire donnée.

Quiz-bilan
Séquence 1

Français

1 Parmi les verbes suivants, lequel n'est pas à un mode impersonnel ?

a. ☐ Concluant
b. ☐ Conclure
c. ☐ Concluent

2 Parmi ces listes, cochez celle qui contient trois fonctions dans le GN.

a. ☐ C du nom – C de l'antécédent – apposition
b. ☐ attribut – épithète – apposition
c. ☐ COI – attribut – CC de lieu

3 Cochez la phrase qui contient un complément essentiel.

a. ☐ Il est tombé malade.
b. ☐ Il est tombé de l'échelle.
c. ☐ Il est tombé dans les pommes.

Maths

4 Quelle est l'écriture scientifique du nombre :

$\dfrac{4\times10^{7}\times3\times10^{-2}}{8\times(10^{2})^{3}\times5}$?

a. ☐ 3×10^{-2}
b. ☐ 3×10^{2}
c. ☐ 4×10^{2}

5 Cochez la bonne écriture de l'expression $2^{-3}\times2^{-4}$ sous la forme a^n, où a et n désignent des nombres entiers relatifs.

a. ☐ 2^{-7}
b. ☐ 2^{-12}
c. ☐ 2^{-1}

6 Cochez la bonne écriture de l'expression $8^{-3}\times2^{4}$ sous la forme a^n, où a et n désignent des nombres entiers relatifs.

a. ☐ 16^{-12}
b. ☐ 16^{1}
c. ☐ 2^{-5}

Anglais

7 Quel mot interrogatif emploie-t-on pour demander une information sur une identité ?

a. ☐ Who
b. ☐ Where
c. ☐ Which

8 La question suivante est-elle entièrement correcte ?

Why did Indian soldiers fight during World War One?

a. ☐ Oui
b. ☐ Non

9 Quel mot interrogatif emploie-t-on pour poser la question dont l'élément souligné est la réponse ?

The Indian soldiers demonstrated <u>military valour</u>.

a. ☐ Who
b. ☐ What
c. ☐ Where

SVT

10 Les caractères héréditaires :

a. ☐ apparaissent chez tous les individus d'une famille.
b. ☐ sont transmis de génération en génération.
c. ☐ dépendent des conditions de vie.

11 Le programme génétique :

a. ☐ est localisé dans le cytoplasme des cellules.
b. ☐ est présent dans le noyau de toutes les cellules d'un individu.
c. ☐ commande les caractères héréditaires d'un individu.

12 Les cellules humaines :

a. ☐ comptent 46 chromosomes.
b. ☐ comptent 28 paires de chromosomes.
c. ☐ comptent 23 paires de chromosomes.

Réponses : 1. c ; 2. a ; 3. a ; 4. a ; 5. a ; 6. c ; 7. a ; 8. a ; 9. b ; 10. b ; 11. b, c ; 12. a, c.

Résultats

...... /12

DOCU

Vive le cinéma !

En 1895, Louis Lumière qualifiait le cinéma d'« invention sans avenir ». Aujourd'hui âgée de plus de 120 ans, l'industrie cinématographique se révèle d'une incroyable vivacité et s'adapte à toutes les cultures et nouvelles techniques !

D'Étienne-Jules Marey à Thomas Edison

Étienne-Jules Marey, physiologiste français, s'est intéressé à la décomposition du mouvement. En 1882, il a inventé la chronophotographie, un dispositif qui lui a permis d'analyser les différentes étapes du mouvement. C'est à partir de ces expérimentations scientifiques que Thomas Edison imaginera le kinétographe, première caméra, et le kinétoscope, appareil permettant à une personne de visionner un film court. En 1891, il capturera les premières images filmées, prémices du cinéma actuel.

Les frères Lumière

Auguste et Louis Lumière, deux ingénieurs français, inventèrent à la fin du XIXe siècle ce qui deviendra le cinéma en créant le cinématographe, une caméra de prise de vue et un appareil de projection permettant à plusieurs personnes de regarder un film en même temps. Le 28 décembre 1895, ils organisèrent la première projection publique et payante de l'histoire du cinéma.

Quelques dates

1902. Premier long-métrage avec *Le Voyage dans la lune* du français G. Méliès.
1927. Naissance du cinéma parlant avec *Le Chanteur de jazz*, réalisé par A. Crosland.
1929. Naissance des Academy Awards, ou Oscars. Le Festival de Cannes sera créé en 1946.
1935. Naissance du cinéma en couleurs avec *Becky Sharp* de R. Mamoulian et L. Sherman.
2009. Le cinéma numérique en 3D arrive sur les écrans avec *Avatar* de J. Cameron.

minitest

1. Quel nom portait la première caméra ?

2. Qui a capturé les premières images filmées ?

3. En quelle année le cinéma numérique 3D fait-il son apparition ?

Réponses : 1. Le kinétographe ; 2. Thomas Edison ; 3. 2009.

Français

- Récit de soi
- Emploi et concordance des temps
- Connecteurs
- Dérivation

Rappel de cours

- **Autobiographie** signifie étymologiquement récit de la vie (-*bio*-) écrit (-*graphie*) par soi-même (*auto*-). L'auteur-narrateur s'engage à y être le plus sincère possible.
Les **récits de vie** ne sont pas tous des autobiographies : les mémoires, les confessions, la correspondance, les témoignages, ou encore les carnets de bord peuvent aussi être placés dans cette catégorie.
- En situation de **communication directe** (dialogue, lettre, etc.), on emploie **le système du présent** (présent, futur, imparfait, passé composé, plus-que-parfait, futur proche).
- Dans le **récit au passé**, le narrateur emploie **le système du passé** (passé simple, imparfait, plus-que-parfait, passé antérieur, futur dans le passé). Il peut cependant mêler les deux systèmes lorsqu'il commente les incidences actuelles des faits et sentiments passés.

Voyage de jeunesse

À douze ans, je n'avais pas encore vu la mer, la vraie mer ! Non ! J'en étais toujours à m'embarquer par la pensée sur les sardinières, les chaloupes de pêche [...] et même les bateaux à vapeur – on les appelait alors des pyroscaphes ! – qui descendaient vers l'embouchure de la Loire.

Un jour enfin, mon frère et moi, nous eûmes la permission de prendre passage à bord du pyroscaphe n° 2 ! Quelle joie ! C'était à en perdre la tête !

Nous voilà donc en route. [...] Se précipiter hors du bateau, descendre les roches tapissées de varechs, afin de puiser de l'eau de mer dans notre main, et la porter à nos lèvres, ce fut pour mon frère et moi l'affaire de quelques bonds...

Jules Verne, *Souvenirs d'enfance et de jeunesse* (1890)

1 Répondez aux questions suivantes.

1. Soulignez en bleu dans le texte ce que le narrateur n'a pas pu dire quand il avait douze ans.

2. Quel regard le narrateur adulte porte-t-il sur ce souvenir d'enfance ?
a. ☐ Indifférent b. ☐ Amusé c. ☐ Méfiant

2 Répondez aux questions suivantes.

1. Entourez trois verbes à l'indicatif à des temps différents. À quel système de temps le narrateur raconte-t-il son souvenir de jeunesse ?

....

2. À quel mode et à quel temps les verbes *eûmes* et *fut* sont-ils conjugués ?

....

3. Conjuguez-les à toutes les personnes.

J'..........	Tu	Il	**Nous eûmes**	Vous	Ils ....
Je	Tu	**Elle fut**	Nous	Vous	Ils ....

3 Conjuguez les verbes soulignés à chacun des temps ci-dessous.

<u>se précipiter</u> hors du bateau – <u>descendre</u> les roches

1. Passé simple : Nous ..../..............................

2. Plus-que-parfait : Ils ..../..............................

3. Imparfait : Je ..../..............................

4 À la découverte des connecteurs

1. Soulignez en rouge les connecteurs temporels du texte.

2. Relevez le connecteur logique du texte. Quel rapport logique marque-t-il ? ....

5 Trouvez deux séries de connecteurs marquant la succession des faits racontés dans le texte : *(1) se précipiter hors du bateau, (2) descendre les roches, (3) puiser de l'eau de mer, (4) la porter à nos lèvres.*

1. Adverbes : (1) .... (2) ....

(3) .... (4) ....

2. Groupes nominaux : (1) .... (2) ....

(3) .... (4) ....

6 Dérivation

1. Construisez des verbes formés à partir du préfixe *ad-* et des mots suivants :

Terre : .... Grave : ....

Long : .... Clameur : ....

2. Donnez l'antonyme des adjectifs en vous aidant du préfixe *in-* :

Moral : .... Lisible : ....

Réel : .... Mortel : ....

7 Jeu de mots

Un tautogramme est une phrase dont chaque mot commence par la même lettre. À vous de jouer !

Ex. : Jules juge judicieusement Josette jacassante, jalouse, jaseuse, jargonneuse.

V ....

E ....

R ....

N ....

E ....

Rappel de cours

- Pour indiquer **l'antériorité** d'un fait, on emploie **les temps composés.** La chronologie peut également être indiquée par **des connecteurs temporels** : adverbes (*ensuite, puis*) et GN (*par la suite, l'année suivante*).

- **Les connecteurs spatiaux** organisent l'espace (*à droite, en face*, etc.) et **les connecteurs logiques** (*en effet, cependant*, etc.) permettent de marquer le rapport logique (but, opposition, cause/conséquence) établi entre deux idées, deux événements.

- Pour former des **dérivés**, on ajoute un **préfixe** et/ou un **suffixe.** Les formes dérivées à partir des **préfixes latins**, *a(d)-* (direction), *in-* (négatif), *co(m)-* (accompagnement), sont le plus souvent construites avec le **doublement de la consonne.** Ex. : a**ff**iner ; i**rr**esponsable ; co**ll**aborer.

Maths

- Développer un produit
- Factoriser une somme algébrique
- Les identités remarquables

Rappel de cours

- **Factoriser** une expression comportant plusieurs termes signifie transformer la somme en un produit de plusieurs facteurs.

Léonard de Vinci

1 Léonard de Vinci, génie universel, a permis à de nombreuses sciences de faire des progrès importants. Il a notamment utilisé les identités remarquables pour simplifier des calculs.

Faites comme lui et reliez chaque expression au développement qui lui correspond.

1. $(2 + x)^2$ •	• **a.** $x^2 + 6x + 9$
2. $(x + 3)^2$ •	• **b.** $9x^2 + 12x + 4$
3. $(3 + 2x)^2$ •	• **c.** $9 + 12x + 4x^2$
4. $(3x + 2)^2$ •	• **d.** $4 + 4x + x^2$

2 **Reliez chaque développement à la factorisation qui lui correspond.**

1. $9x^2 - 12x + 4$ •	• **a.** $(2 - 5x)^2$
2. $25x^2 - 20x + 4$ •	• **b.** $(3 - 2x)^2$
3. $9 - 12x + 4x^2$ •	• **c.** $(3x - 2)^2$
4. $4 - 20x + 25x^2$ •	• **d.** $(5x - 2)^2$

3 **Complétez les étapes de la factorisation des deux égalités suivantes.**

1. $A(x) = (2x + 1)^2 - (3x + 1)(2x + 1)$

$A(x) = (2x + 1)($ .... $) - (3x + 1)(2x + 1)$

$A(x) = (2x + 1)[(2x + 1) - ($ .... $)]$

$A(x) = ($ .... $)(2x + 1 - 3x - 1)$

$A(x) = (2x + 1)(- x) =$ ....

2. $B(x) = (2x - 1)(3x - 5) - (3x - 5)^2$

$B(x) = (2x - 1)($ .... $) - (3x - 5)(3x - 5)$

$B(x) = (3x - 5)[($ .... $) - (3x - 5)]$

$B(x) = ($ .... $)(2x - 1 - 3x + 5)$

$B(x) = (3x - 5)($ .... $)$

4 Complétez les phrases en utilisant les mots suivants :

développée – factorisée – la différence – la somme – le produit – facteurs

1. Soit l'expression $A(x) = (3x - 5)(2x + 3)$.

$A(x)$ est .... de deux ....

Le premier facteur est .... de $3x$ et de 5. Le second facteur est .... de $2x$ et de 3. Il s'agit de la forme .... de l'expression.

2. Soit $4x^2 - 25 = (2x - 5)(2x + 5)$. $4x^2 - 25$ est la forme .... de l'expression.

5 Pour chacune de ces propositions, une seule des trois réponses est correcte. À vous de la trouver !

1. La forme développée et réduite de l'expression $A(x) = -2x(3 - 5x)$ est :

a. ☐ $-10x^2 - 6x$ b. ☐ $10x^2 - 6x$ c. ☐ $10x^2 + 6x$

2. La forme développée et réduite de l'expression $B(x) = (2x - 1)^2 - (7x + 1)(2x - 1)$ est :

a. ☐ $-10x^2 + x + 2$ b. ☐ $-10x^2 - x + 2$ c. ☐ $-10x^2 - x - 2$

3. La forme factorisée de l'expression $C(x) = 36 - (3x - 5)^2$ est :

a. ☐ $(11 - 3x)(1 + 3x)$ b. ☐ $(11 + 3x)(1 - 3x)$ c. ☐ $(11 - 3x)(1 - 3x)$

4. La forme factorisée de l'expression $D(x) = (2x - 1)^2 - (3x - 5)^2$ est :

a. ☐ $(-x + 4)(5x + 6)$ b. ☐ $(-x - 4)(5x - 6)$ c. ☐ $(-x + 4)(5x - 6)$

6 En utilisant une identité remarquable, calculez mentalement

le produit 1 003 × 997 : ....

7 Jeu de nombres

Choisissez un nombre *N* entier supérieur à 2.
Calculez alors l'expression $(N + 1)^2 - (N - 1)^2$. Choisissez une autre valeur et refaites le calcul.

....

....

Rappel de cours

- Pour factoriser une expression, il est nécessaire de trouver un facteur commun à chacun des termes constituant l'expression.

Somme algébrique de plusieurs **termes**
↓ **Factorisation** ↓ / ↑ **Développement** ↑
Produit de plusieurs **facteurs**

Pour tous nombres a et b, on a :

$(a + b)^2 = a^2 + 2ab + b^2$
$(a - b)^2 = a^2 - 2ab + b^2$
$(a - b)(a + b) = a^2 - b^2$

Anglais

- Présent simple
- Présent continu
- Present perfect
- Present perfect continuous

Rappel de cours

- On emploie **le présent simple** pour apporter des informations sur l'identité, les goûts, les caractéristiques, pour exprimer une vérité générale, scientifique, ou une habitude.
Ex. : This exhibition explore<u>s</u> the long history of trade between China and the US.

- On emploie **le présent continu** pour exprimer une action en train de se produire.
Ex. : I<u>'m</u> <u>studying</u> the notion of the melting pot in the 19th century.

- On emploie **le *present perfect*** pour exprimer un lien entre le passé et le présent.
Ex. : Visitors cannot but realise how little teachers at school <u>have</u> talk<u>ed</u> about that topic.

- On emploie **le *present perfect continuous*** pour mettre en avant l'aspect duratif et l'effet produit.
Ex. : People <u>have</u> be<u>en</u> avoid<u>ing</u> that issue for years.

Chinese Americans

The first Chinese immigrants arrived in New York at the same period as the Irish… and yet, the story of Chinese Americans is so little known!
In September 2014, a new exhibition explored the history of Chinese American families and their immigration records.

Even if the US longed to trade with China, the US laws have always made it particularly difficult for Chinese citizens to immigrate.

Although the labour force on the transcontinental railroad was 80% Chinese, the official motto soon became: "Great job on the railroad. Now go back to China."

From the unprecedented Chinese Exclusion Act of 1882 to racist caricatures in the papers, few other groups of immigrants faced such hardships.

! ***hardships***: de grandes difficultés, des épreuves

1 Complétez les phrases suivantes à l'aide des bons groupes verbaux.

1. The exhibition shows that the US .... it extremely difficult for Chinese people to immigrate.

a. ☐ has always made b. ☐ makes c. ☐ is making

2. China .... caricatured as the "Yellow Peril", except during World War Two, when it was a welcome ally.

a. ☐ is always b. ☐ has always been c. ☐ is

2 Reliez chaque phrase à la notion qu'elle exprime.

1. As a guide, he speaks English and French. •	• a. Expérience
2. Have you already been to the exhibition? •	• b. Caractéristique

3 Learn and play

Right or wrong? **Cochez la bonne réponse.**

	Right	Wrong
1. The 1882 Chinese Exclusion Act was the nation's first ever exclusionary immigration policy.	☐	☐
2. The US naturalised all the Chinese who had worked on the construction of the railroad.	☐	☐

Physique-Chimie

- Identification des ions
- Potentiel hydrogène (pH)

Rappel de cours

- Un **ion** est un atome qui a **gagné ou perdu un ou plusieurs électrons**. L'ion H^+ est un atome d'hydrogène qui a cédé un électron. Le pH d'une solution dépend de la concentration en ions H^+.

- Un **pH** est toujours compris entre 0 et 14. Lorsque le pH est égal à 7, la solution est **neutre**. Lorsqu'il est supérieur à 7, elle est **basique**. Lorsqu'il est inférieur à 7, elle est **acide**.

Identification d'ions • pH

1 **Classez les produits suivants en trois catégories : acide, basique ou neutre.**

1. Soda (pH = 3) : ....

2. Lessive (pH = 10) : ....

3. Eau de javel (pH = 12) : ....

4. Vinaigre (pH = 2,4) : ....

5. Eau minérale (pH = 7) : ....

2 **Pour identifier certains ions, on utilise des réactifs qui produisent un précipité. À partir du tableau d'identification, donnez le nom des ions présents dans chaque tube.**

Nom, formule de l'ion recherché	Réactif utilisé	Résultat du test
Ion chlorure, Cl^-	Solution de nitrate d'argent	Précipité blanc
Ion cuivre (II), Cu^{2+}	Solution d'hydroxyde de sodium	Précipité bleu
Ion fer (II), Fe^{2+}	Solution d'hydroxyde de sodium	Précipité vert foncé
Ion sulfate, SO_4^{2-}	Solution de chlorure de baryum	Précipité blanc

Hydroxyde de sodium	Nitrate d'argent	Hydroxyde de sodium	Chlorure de baryum
	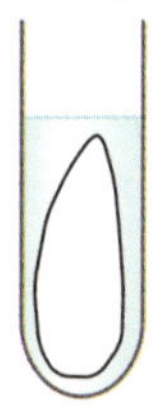		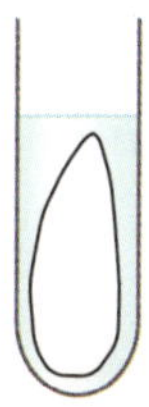
Précipité vert	Précipité blanc	Précipité bleu	Précipité blanc
1. Ion :	**2.** Ion :	**3.** Ion :	**4.** Ion : ....

3 Expérience

Pour **fabriquer du papier pH**, vous aurez besoin : d'eau distillée (de préférence), d'un plat ou d'une assiette en faïence, d'un chou rouge et de bandes de papier. Faites une forte infusion de feuilles de chou rouge et laissez le liquide s'évaporer en chauffant légèrement. Cela permet d'avoir une solution plus concentrée. Trempez ensuite les bandes de papier et laissez-les sécher à l'air. Choisissez quelques produits courants comme du jus de citron, un produit ménager ou d'entretien, un soda, etc., et déposez sur une languette une goutte d'un de ces produits. Les bases modifieront la couleur en vert, les acides en rouge.
On peut également réaliser la solution avec des pétales de roses ou des tiges de rhubarbe.

Quiz-bilan
Séquence 2

Français

1 Parmi les mots suivants, cochez le dérivé de « ballon ».

a. ☐ bal
b. ☐ boule
c. ☐ ballonner

2 Cochez l'affirmation fausse.

a. ☐ L'autobiographie est un récit de vie.
b. ☐ Les premiers récits de vie datent du XIXe siècle.
c. ☐ Un journal intime n'est pas écrit pour être publié.

3 Cochez la phrase dont les temps sont corrects.

a. ☐ Quand tu auras fini, tu pourras partir.
b. ☐ Quand tu as fini, tu pourras partir.
c. ☐ Quand tu avais fini, tu partis.

Maths

4 Développez l'expression $(2x + 3)^2$.

a. ☐ $2x^2 + 12x + 9$
b. ☐ $4x^2 + 12x + 9$
c. ☐ $4x^2 + 6x + 9$

5 Factorisez l'expression $16x^2 - 49$.

a. ☐ $(4x - 49)(4x + 49)$
b. ☐ $(4x - 7)(4x + 7)$
c. ☐ $(4x + 7)^2$

6 La factorisation de l'expression $9x^2 + 2(3x + 4) - 16$ est :

a. ☐ $(3x + 4)(3x - 2)$
b. ☐ $(3x - 4)(3x - 2)$
c. ☐ $(3x + 4)(3x + 2)$

Anglais

7 Dans quelle situation emploie-t-on le *present perfect* ?

a. ☐ Pour évoquer une situation passée.
b. ☐ Pour parler d'une situation présente.
c. ☐ Pour s'intéresser au lien entre le passé et le présent.

8 Pourquoi emploie-t-on le *past simple* dans la phrase suivante ?

In the 19th century, the US clearly preferred to trade with China rather than welcome Chinese immigrants to their country.

a. ☐ Parce qu'on exprime une situation passée.
b. ☐ Parce qu'on établit un lien entre le passé et le présent.

9 Quelle est la bonne traduction de la phrase suivante ?

Les Chinois et les Irlandais sont arrivés à la même période aux États-Unis.

a. ☐ The Chinese and the Irish have arrived in the US at the same period.
b. ☐ The Chinese and the Irish arrived in the US at the same period.
c. ☐ The Chinese and the Irish arrive in the US at the same period.

Physique-Chimie

10 Un pH de 5 correspond à un produit :

a. ☐ acide.
b. ☐ basique.
c. ☐ neutre.

11 Pour identifier des ions, on peut :

a. ☐ utiliser des réactifs spécifiques.
b. ☐ utiliser de l'eau savonneuse.
c. ☐ déposer une goutte de produit sur un papier spécial.

12 L'eau minérale en bouteille est, en général, d'un pH :

a. ☐ moins élevé que celui du jus de citron.
b. ☐ plus élevé que celui du jus de citron.
c. ☐ égal à celui du jus de citron.

Réponses : 1.c ; 2.b ; 3.a ; 4.b ; 5.b ; 6.a ; 7.c ; 8.a ; 9.b ; 10.a ; 11.a ; 12.b.

Résultats

...... /12

DOCU

The Haka

**Originally a traditional New Zealand Maori dance performed by warriors before battles or during ceremonies, the Haka is a declaration of strength and ability to build up tension and intimidate the opponents.
It helps the players to take away all the layers of insecurity.**

In the rugby world

In the northern hemisphere, when it comes to the Haka, everybody thinks about… New Zealand's rugby players with their scary faces, thigh-slapping and loud chanting. Who else?
At the beginning, in 1905, All Blacks' Haka – Ka Mate – was performed as pre-match entertainment, but soon people grew fond of it and asked for more.

Lyrics and translation

Ringa pakia	*(Slap your hands against your thighs)*
Uma tiraha	*(Puff out your chest)*
Turi whatia	*(Bend your knees)*
Hope whai ake	*(Let your hips follow the move)*
Waewae takahia kia kino	*(Stamp your feet as hard as you can)*
Ka mate! Ka mate!	*(It is death! It is death!)*

What does it mean?

Ka Mate is actually about presence but in a full sense, not just in a physical way. Ka Mate is understanding who you are and standing proud and strong. "Ha" means the "breath of life", and "ka" means "to ignite". So Haka means "to ignite the breath of life". The words of the Ka Mate are chanted and a variety of cries are used with powerful body actions, such as slapping the hands against the body and stamping the feet.

minitest

1. Why is All Blacks' Haka so impressive?
a It was created by great rugby players.
b It's a warrior dance.
c Its lyrics are terrifying.

2. What does the Haka give you when you execute it?
a Self-confidence
b More presence
c Tiredness

3. Why do the All Blacks perform their haka before a game?
a To get rid of insecurity.
b To make people laugh.
c To show their strength.

Réponses : 1. b ; 2. a ; 3. a, c.

Français

- Figures de style
- Dénotation et connotation
- Énonciation et visée
- L'expression de la condition

Le pays merveilleux

Viens, toi qui l'ignores, viens que je te dise tout bas : le parfum des bois de mon pays égale la fraise et la rose ! [...] Et si tu passais, en juin, entre les prairies fauchées, à l'heure où la lune ruisselle sur les meules rondes qui sont les dunes de mon pays, tu sentirais, à leur parfum, s'ouvrir ton cœur. Tu fermerais les yeux, [...] et tu laisserais tomber ta tête avec un muet soupir...

Et si tu arrivais, un jour d'été, dans mon pays, au fond d'un jardin que je connais, un jardin noir de verdure et sans fleurs, si tu regardais bleuir, au lointain, une montagne ronde où les cailloux, les papillons et les chardons se teignent du même azur mauve et poussiéreux, tu m'oublierais, et tu t'assoirais là, pour n'en plus bouger jusqu'au terme de ta vie.

Colette, « Jour gris », in *Les Vrilles de la vigne* © Librairie Arthème Fayard (1908)

Rappel de cours

- On distingue plusieurs types de **figures de style** : les figures de style pour rapprocher (*comparaison, métaphore, personnification, allégorie*), pour atténuer (*euphémisme, litote*), pour amplifier (*gradation, hyperbole*), pour opposer (*antiphrase, chiasme, antithèse, oxymore*), pour remplacer (*métonymie, périphrase*), et les figures de style pour insister (*anaphore, énumération, parallélisme*).
- La plupart des mots ont **un sens dénoté** et **un sens connoté**. La connotation (positive/méliorative ou négative/péjorative) est le sens particulier que prend un mot selon le contexte. Ex. : Un cri perçant dans la nuit → connotation négative. Un cri perçant devant un cadeau → connotation positive.

1 Relevez dans le texte :

1. Une formule injonctive : ....
2. Une exclamation : ....
3. Un nom connoté positivement : ....
4. Une reprise nominale : ....

2 Associez la figure de style relevée dans le texte au nom qui la désigne.

1. Le parfum des bois de mon pays égale la fraise. • • a. Oxymore
2. La lune ruisselle. • • b. Métaphore
3. Le terme de ta vie. • • c. Comparaison
4. Un muet soupir. • • d. Euphémisme

3 Dans le premier paragraphe du texte, entourez tous les indices qui renvoient à la situation d'énonciation puis indiquez quelle est l'intention de l'énonciateur :

1. ☐ Décrire son pays afin de persuader de sa beauté.
2. ☐ Raconter ce qu'il fait dans son pays.
3. ☐ Convaincre le destinataire de rester chez lui.

4 Les mots suivants sont-ils neutres (😐), connotés négativement (☹) ou positivement (☺) ?

1. parfum .... – odeur .... – senteur .... – fragrance .... – arôme ....

– puanteur .... – infection .... – fétidité .... – effluve .... – fraîcheur ....

2. Soulignez dans le texte les mots péjoratifs. Ces termes connotent-ils négativement le pays ? **a.** ☐ oui **b.** ☐ non

3. Pourquoi ?

a. ☐ Le narrateur ne l'aime pas. **b.** ☐ Ces défauts font son charme.

5 Complétez le tableau, puis répondez aux questions.

Condition exprimée	Résultat
Si tu passais entre les prairies fauchées,	
	tu fermerais les yeux.
	tu laisserais tomber ta tête.

1. Les conditions exprimées portent sur :
a. ☐ le présent. **b.** ☐ l'avenir. **c.** ☐ le passé.

2. Les conditions sont :
a. ☐ réalisables. **b.** ☐ non réalisables. **c.** ☐ réalisées. **d.** ☐ non réalisées.

Rappel de cours

- Pour comprendre la **situation d'énonciation**, on se demande qui parle à qui, quand, où et avec quelle intention (c'est la **visée**). Pour cela, on repère les **indices** (grammaticaux, lexicaux, spatio-temporels).
- On exprime la **condition** au moyen du complément circonstanciel de condition (CCC), qui peut être : un **GN** (ex. : Attends ici en cas de retard), un **verbe à l'infinitif** ou un **gérondif** (ex. : Tu me ferais plaisir en venant me voir), une **proposition subordonnée conjonctive** (PSC) introduite par *si*, *au cas où*, *selon que…* (ex. : Si tu viens, je serai ravi).

6 Cochez les phrases dans lesquelles les groupes soulignés expriment la condition.

1. ☐ Le narrateur a envoyé une lettre à son ami parisien pour le convaincre de venir chez lui.

2. ☐ Au cas où son ami viendrait, il a rangé sa maison.

3. ☐ Selon que son invité viendra ou pas, le narrateur organisera des sorties.

4. ☐ En lisant cette lettre, l'ami du narrateur a été conquis.

7 Jeu de mots

Le portrait chinois. Définissez-vous grammaticalement !

Si j'étais un verbe, je serais : ....

Si j'étais un adjectif de couleur, je serais : ....

Si j'étais un nom abstrait, je serais : ....

Si j'étais un pronom, je serais : ....

Si j'étais un adverbe de manière, je serais : ....

Maths

- **Les racines carrées d'un nombre positif**
- **Les propriétés des racines carrées**
- **La simplification d'une racine carrée**
- **L'utilisation des racines carrées dans des situations variées**

René Descartes

1 Si le premier mathématicien à proposer le symbole $\sqrt{}$ pour représenter la racine carrée est allemand, c'est bien René Descartes, philosophe et mathématicien français, qui imposera définitivement la notation encore utilisée aujourd'hui.

Faites comme eux et reliez chaque radical à sa valeur !

1. $\sqrt{16}$ •	• a. 8
2. $\sqrt{121}$ •	• b. 4
3. $\sqrt{0{,}01}$ •	• c. 11
4. $\sqrt{64}$ •	• d. 0,1

2 Reliez chaque radical à son expression simplifiée.

1. $\sqrt{48}$ •	• a. $5\sqrt{3}$
2. $\sqrt{72}$ •	• b. $5\sqrt{5}$
3. $\sqrt{125}$ •	• c. $6\sqrt{2}$
4. $\sqrt{75}$ •	• d. $4\sqrt{3}$

3 Complétez les égalités ci-dessous.

1. $\sqrt{54} = \sqrt{9 \times \ldots} = \sqrt{\ldots} \times \sqrt{\ldots} = \ldots\sqrt{\ldots}$

2. $3\sqrt{7} = \sqrt{3^2} \times \sqrt{\ldots} = \sqrt{\ldots \times \ldots} = \sqrt{\ldots}$

3. $\sqrt{\dfrac{75}{48}} = \sqrt{\dfrac{3 \times \ldots}{\ldots \times \ldots}} = \sqrt{\dfrac{\ldots}{\ldots}} = \sqrt{\left(\dfrac{\ldots}{\ldots}\right)^2} = \dfrac{\ldots}{\ldots}$

4. $\dfrac{\sqrt{108}}{\sqrt{147}} = \dfrac{\sqrt{\ldots \times \ldots}}{\sqrt{\ldots \times \ldots}} = \dfrac{\ldots\sqrt{\ldots}}{\ldots\sqrt{\ldots}} = \dfrac{\ldots}{\ldots}$

Rappel de cours

- On appelle **racine carrée d'un nombre positif** a le nombre positif qui, élevé au carré, vaut a.
- Pour tout nombre a positif, on a :

$$\sqrt{a^2} = a.$$

4 Répondez aux questions suivantes.

1. Développez et simplifiez $(10+4\sqrt{6})(\sqrt{3}-\sqrt{2})$.

....

2. Le tableau suivant est-il un tableau de proportionnalité ?

$\sqrt{3}+\sqrt{2}$	$10+4\sqrt{6}$
$\sqrt{3}-\sqrt{2}$	2

....

....

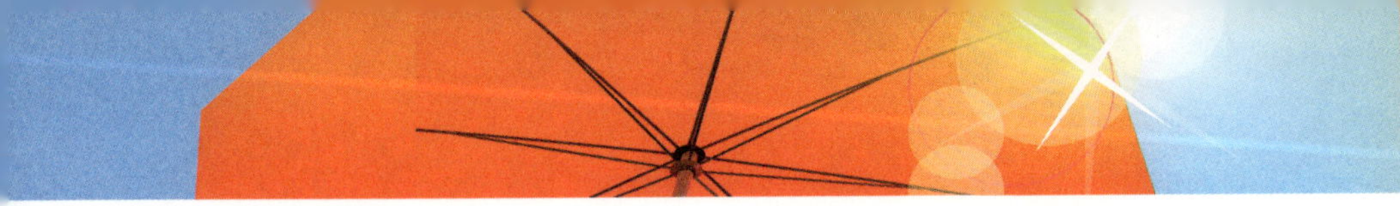

5 Répondez par vrai ou faux.

	Vrai	Faux
1. La racine carrée d'un nombre positif est positive.	☐	☐
2. La racine carrée d'un nombre négatif est négative.	☐	☐
3. La racine carrée du produit de deux nombres est égale aux produits des racines carrées de ces deux nombres.	☐	☐
4. On ne peut pas calculer $\sqrt{(-2)\times(-8)}$.	☐	☐

Rappel de cours

- **La racine carrée du produit de deux nombres positifs** est égale au produit des racines carrées de ces deux nombres.
- **La racine carrée du quotient de deux nombres strictement positifs** est égale au quotient des racines carrées de ces deux nombres.

6 Pour chacune de ces propositions, une seule des trois réponses est correcte. À vous de la trouver !

1. $-4\sqrt{28}+5\sqrt{63}=$

a. ☐ $-7\sqrt{7}$ b. ☐ $7\sqrt{7}$ c. ☐ $-6\sqrt{7}$

2. $3\sqrt{3}-4\sqrt{27}+10\sqrt{48}+5\sqrt{75}=$

a. ☐ $-3\sqrt{3}$ b. ☐ $10\sqrt{3}$ c. ☐ $56\sqrt{3}$

3. $(3+5\sqrt{2})\times(3-5\sqrt{2})=$

a. ☐ -41 b. ☐ 41 c. ☐ $3+4\sqrt{2}$

4. $\sqrt{7+4\sqrt{3}}=$

a. ☐ $2-\sqrt{3}$ b. ☐ $2+\sqrt{3}$ c. ☐ $3+\sqrt{3}$

7 Le nombre mystérieux

Mon chiffre des centaines est le plus petit nombre premier.
Mon chiffre des dizaines est le cube de mon chiffre des centaines.
Ma racine carrée est un nombre entier inférieur à 30.
Qui suis-je ? ....

8 Jeu de nombres

Remplissez la grille de mots croisés !

1. Si je suis un tel nombre, alors je n'ai pas de racine carrée.

2. Je suis souvent la racine.

3. Elle peut être carrée ou cubique.

4. Un nombre élevé au carré l'est toujours.

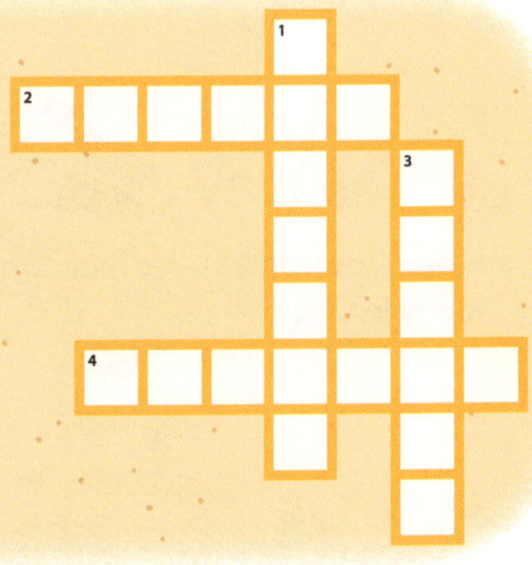

Anglais

- Past simple
- Past continuous
- Past perfect

The Taj Mahal

The Taj Mahal, one of the Wonders of the World, was built in the 17th century by Mughal Emperor Shah Jahan as a mausoleum for his beloved wife. This famed monument to love became a UNESCO World Heritage Site in 1963, as the jewel of Muslim art in India.

In July 2015, on the premises of the Taj Mahal, a young couple, a Hindu and a Muslim, attempted to commit suicide. Their parents had refused to let them marry. Marriage outside religion or caste still attracts censure, and even honour killings in some parts of India.

Rappel de cours

- On emploie le ***past simple*** pour exprimer une action terminée, ou bien une habitude passée.
Ex. : I visited the Taj Mahal in 2015.

- On emploie le ***past continuous*** pour décrire une situation ou une action dans le passé, brusquement interrompue par une action courte.
Ex. : She was reading when someone rang at the door.

- On emploie le ***past perfect*** pour parler d'une action antérieure à celle exprimée au ***past simple***.
Ex. : I had already booked my ticket when I realised that it was the monsoon at that period.

1 Complétez les phrases suivantes à l'aide du bon groupe verbal.

1. A very sad event .... at the Taj Mahal last summer.

a. ☐ had taken place   b. ☐ took place   c. ☐ was taking

2. The young man said that they .... to convince their parents to change their minds but in vain.

a. ☐ had tried   b. ☐ tried   c. ☐ were trying

3. The building of the Taj Mahal .... around 1632.

a. ☐ had begun   b. ☐ began   c. ☐ was beginning

2 Le texte suivant est grammaticalement incorrect. Soulignez la partie fausse.

It is important for British citizens of Indian origin living in the UK to realise that their history hasn't begun in the 1950s. Quite the contrary, Indians had been present in the UK way before the waves of immigration of the fifties.

3 Learn and play

Reliez les termes avec leur contraire. Les mots de la colonne de gauche se trouvent dans le texte !

1. love •	• a. agreed
2. refused •	• b. hatred
3. still •	• c. no longer

SVT

Des micro-organismes partout

- Micro-organisme
- Contamination
- Infection

Rappel de cours

- On appelle **micro-organisme** tout être vivant **unicellulaire** de taille voisine du **micromètre** (10^{-6} m). On distingue, par ordre de taille croissante, **les virus** (< 0,1 µm), **les bactéries** (0,1 à 1 µm) et **les champignons microscopiques** (1 à 10 µm).
- Certains micro-organismes sont **pathogènes** et provoquent des maladies. D'autres, inoffensifs, sont utilisés par l'être humain (dans l'industrie agro-alimentaire par exemple).
- Pour provoquer une maladie, le micro-organisme doit franchir une **barrière naturelle** endommagée (peau, muqueuses) : c'est la **contamination.** Il doit ensuite se multiplier dans l'organisme : c'est l'**infection.**

1 Jeu de sciences

**Voici la description de deux micro-organismes.
À vous de trouver leur identité !**

1. Taille : 1 à 10 µm
Forme : filament ou sphère
Activité : pathogène ou utilisé dans l'industrie
Particularité : responsable de mycoses

Identité : ....

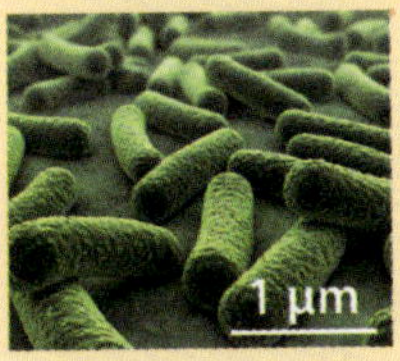

2. Taille : 0,1 à 1 µm
Forme : sphère ou bâtonnet
Activité : pathogène ou utilisé dans l'industrie

Identité : ....

2

Les symptômes d'une infection bactérienne apparaissent rapidement après la contamination à cause de la vitesse de division des bactéries.

Sachant qu'une bactérie peut se diviser toutes les 20 minutes, calculez le nombre de bactéries présentes au bout d'une heure, puis au bout de deux heures.

....

3

Après une promenade en forêt, il n'est pas rare d'observer des petits parasites noirs, les tiques, fixées à la peau au centre d'une zone rouge. La contamination bactérienne a lieu quand la tique, porteuse d'une bactérie de la famille des spirochètes, enfonce sa tête dans la peau pour s'accrocher. La bactérie pénètre alors dans l'organisme et peut provoquer des problèmes articulaires, cardiaques et neurologiques (la maladie de Lyme).

Répondez aux questions ci-dessous.

1. Quel micro-organisme est responsable de la maladie de Lyme ?

....

2. Comment a lieu la contamination et quelles peuvent être ses conséquences ? ....

....

Quiz-bilan
Séquence 3

Français

1 Cochez l'énoncé connoté positivement.

a. ☐ Les vacances d'été sont trop longues.

b. ☐ Les vacances d'été durent plusieurs semaines.

c. ☐ Les longues vacances d'été permettent de bien se reposer.

2 Parmi les phrases suivantes, laquelle est une litote ?

a. ☐ Tu me l'as dit cent fois déjà.

b. ☐ Tu n'es pas très gaie !

c. ☐ Tu as un visage d'ange.

3 Parmi les phrases suivantes, quelle est celle qui énonce la condition ?

a. ☐ Il serait gentil, je l'inviterais.

b. ☐ Je ne l'invite pas, il n'est pas gentil.

c. ☐ Il fait le gentil pour que je l'invite.

Maths

4 Une autre écriture du nombre $\sqrt{27}+5\sqrt{3}$ est, par exemple :

a. ☐ $7\sqrt{3}$

b. ☐ $8\sqrt{3}$

c. ☐ $9\sqrt{3}$

5 Quel est l'inverse de $\sqrt{2}-1$?

a. ☐ $\sqrt{2}-1$

b. ☐ $\sqrt{3}-2$

c. ☐ $\sqrt{2}+1$

6 L'opposé de $\frac{1}{\sqrt{2}-1}$ est :

a. ☐ $-1-\sqrt{2}$

b. ☐ $1+\sqrt{2}$

c. ☐ $1-\sqrt{2}$

Anglais

7 Quel temps utilise-t-on pour parler d'une habitude passée ?

a. ☐ Le *past simple*

b. ☐ Le *present perfect*

c. ☐ Le *past continuous*

8 L'une de ces deux phrases exprime une habitude passée. Laquelle ?

a. ☐ I commuted every day.

b. ☐ I'm used to commuting every day.

9 Dans la phrase suivante, quelle action a débuté en premier ?

She was reading a biography of Mahatma Gandhi when someone rang at the door.

a. ☐ She was reading

b. ☐ someone rang

SVT

10 Les micro-organismes :

a. ☐ sont tous des bactéries.

b. ☐ ont tous la même taille.

c. ☐ sont des êtres vivants unicellulaires.

11 La contamination :

a. ☐ est la transmission d'un micro-organisme d'un individu à un autre.

b. ☐ est la pénétration d'un micro-organisme dans l'organisme.

c. ☐ peut être évitée par les mesures d'asepsie.

12 Les micro-organismes :

a. ☐ sont tous pathogènes.

b. ☐ sont parfois utiles.

c. ☐ pénètrent toujours dans l'organisme par le nez.

Réponses : 1. c ; **2.** b ; **3.** a ; **4.** b ; **5.** c : l'inverse de $\sqrt{2}-1$ est $\frac{1}{\sqrt{2}-1}\times(\sqrt{2}-1)=1$, or $\frac{1}{\sqrt{2}-1}=\frac{1\times(\sqrt{2}+1)}{2-1}=\sqrt{2}+1$; **6.** a : l'opposé de $\frac{1}{\sqrt{2}-1}$ est $-\frac{1}{\sqrt{2}-1}=\sqrt{2}-1$; **7.** a ; **8.** a ; **9.** a ; **10.** c ; **11.** b, c ; **12.** b.

Résultats

...... /12

Queneau et le livre qui n'en finit plus

Raymond Queneau est un écrivain français du XXe siècle, cofondateur du groupe littéraire l'Oulipo. Auteur de romans, de poèmes, d'essais et même d'une pièce de théâtre, il a créé un livre impossible à lire dans sa totalité : *Cent mille milliards de poèmes*.

Cent mille milliards de poèmes

Écrire un recueil de poèmes impossible à finir, nous en avons tous rêvé… Raymond Queneau l'a fait ! Cela semble bien difficile à croire, et pourtant ! Écrit en 1960, ce recueil comporte 14 sonnets. Jusque-là, rien d'impossible : quatorze sonnets, ça se lit vite. Oui, mais l'écrivain ne s'est pas arrêté là : chaque page est divisée en 14 languettes horizontales comprenant chacune un vers. Grâce à ce système ingénieux, vous pouvez composer vous-même votre sonnet en mélangeant les vers !

Mathématiquement parlant

Soyons encore plus clairs ! Rappelons qu'un sonnet est un poème composé de deux quatrains, soit deux ensembles de quatre vers, puis de deux tercets, soit deux ensembles de trois vers.
Pour chacun des 14 vers, il y a 10 choix possibles :

$$\underbrace{10 \times 10 \times 10 \times 10}_{1^{er}\ \text{quatrain}} \times \underbrace{10 \times 10 \times 10 \times 10}_{2^{e}\ \text{quatrain}} \times \underbrace{10 \times 10 \times 10}_{1^{er}\ \text{tercet}} \times \underbrace{10 \times 10 \times 10}_{2^{e}\ \text{tercet}} = 10^{14}$$

Nous avons donc bien, comme le titre l'indique, 100 000 milliards de poèmes différents !

Des millions de siècles de lecture !

Dans sa préface, Raymond Queneau écrit : « […] Chaque vers étant placé sur un volet, il est facile de voir que le lecteur peut composer 10 à la puissance 14 sonnets différents, soit cent mille milliards. […] En comptant 45 secondes pour lire un sonnet et quinze secondes pour changer les volets […] en lisant toute la journée 365 jours par an, [on en a] pour 190 258 751 années […] (sans tenir compte des années bissextiles et autres détails). »

Raymond Queneau, préface de *Cent mille milliards de poèmes*,

minitest

1. **Quelle est la composition d'un sonnet ?**
2. **Combien y a-t-il de vers dans un sonnet ?**
3. **Est-il possible de lire le livre en entier ?**

Réponses : 1. 2 quatrains et 2 tercets ; 2. 14 ; 3. Non.

Séquence 4

Français

- Le texte de théâtre
- L'expression du but et de l'opposition
- Les périphrases verbales
- La proposition subordonnée interrogative

Coup de théâtre

Hernani
Savez-vous qui je suis,
Maintenant ?

Doña Sol
Monseigneur, qu'importe ! je vous suis.

Hernani
Non, puisque vous voulez me suivre, faible femme,
Il faut que vous sachiez quel nom, quel rang, quelle âme,
Quel destin est caché dans le pâtre Hernani.
Vous vouliez d'un brigand, voulez-vous d'un banni ?

Don Carlos, *ouvrant avec fracas la porte de l'armoire.*
Quand aurez-vous fini de conter votre histoire ?
Croyez-vous donc qu'on soit à l'aise en cette armoire ?
Hernani recule, étonné. Doña Sol pousse un cri et se réfugie dans ses bras, en fixant sur don Carlos des yeux effarés.

Hernani, *la main sur la garde de son épée.*
Quel est cet homme ?

Doña Sol
Ô ciel ! au secours !

Victor Hugo, *Hernani*, acte I, scène 2 (1830)

Rappel de cours

- Le **but** est ce que l'on cherche à atteindre, ou à éviter (ex. : Tu fais du sport pour te muscler, par peur de grossir).
- Il y a **opposition** lorsque deux faits sont en contradiction (ex. : Tu es sportif alors que ton frère ne l'est pas).
- **Le CC d'opposition** peut être :
  – un nom, un GN, un pronom, un gérondif ou un verbe à l'infinitif introduit par une préposition (ex. : Il crie au lieu de parler) ;
  – une proposition subordonnée conjonctive circonstancielle d'opposition suivie de l'indicatif, du subjonctif ou du conditionnel en fonction de la conjonction qui l'introduit (ex. : Je ne cèderai pas même si tu hurles / bien que tu aies raison / quand bien même tu me supplierais).

1 Relevez un indice du texte qui justifie ces affirmations.

1. L'action se déroule en Espagne, à une époque ancienne : ....

2. Les personnages sont nobles : ....

3. Hernani est considéré comme un hors-la-loi : ....

4. Hernani est courageux et loyal : ....

5. Hernani et Doña Sol ne savaient pas que Don Carlos était caché dans l'armoire : ....

2 Quels éléments indiquent qu'il s'agit d'une pièce de théâtre ? Entourez-les dans la liste.

Présence de personnages – Texte en vers – Conflit amoureux – Nom des personnages placé avant chaque réplique – Femme amoureuse d'un homme banni – Indications scéniques données en italique

3 Complétez les phrases suivantes et répondez aux questions.

1. a. Hernani et Doña Sol se croient seuls, alors que ....

b. Doña Sol appelle au secours, bien que ....

c. Doña Sol fait confiance à Hernani, même si ....

d. Hernani n'a pas peur de Don Carlos ; cependant ....

2. Soulignez le verbe que vous avez mis au subjonctif et encadrez le mot qui introduit la proposition.

3. Quel rapport logique chaque mot souligné marque-t-il ?

a. ☐ La cause b. ☐ La conséquence

c. ☐ L'opposition d. ☐ Le but

4 Précisez ce qu'indiquent ces périphrases verbales : le passé proche (PP), le futur proche (FP), la volonté (V), l'éventualité (E), la nécessité (N), l'autorisation (A) ou la probabilité (P).

1. Doña Sol veut partir avec Hernani. ..... **2.** Mais elle peut se tromper. ..... **3.** Hernani lui dit qu'elle peut s'enfuir avec lui. .....

4. Les amants s'apprêtent à s'enfuir. ..... **5.** Don Carlos vient de sortir de son armoire. ..... **6.** Il devait étouffer dans cette armoire ! .....

7. Il faut comprendre la situation initiale. .....

Rappel de cours

- Certains verbes comme *aller*, *venir*, etc. sont parfois utilisés comme des **semi-auxiliaires** en se combinant avec des verbes à l'infinitif, ce qui permet des nuances de sens (ex. : Il vient de partir = il est parti juste à l'instant). Cette association de deux verbes est appelée **périphrase verbale**.

- La **proposition subordonnée interrogative indirecte** (PSII) est **COD** du verbe de la proposition principale. Elle est introduite par la conjonction de subordination *si*, par un pronom (*ce que, auquel*), un déterminant (*quel*), ou un adverbe interrogatif (*pourquoi*) (ex. : Dis-moi **quelle** heure il est / **où** tu vas / **ce que** tu fais). Elle ne comporte ni sujet inversé ni point d'interrogation.

5 Répondez aux questions suivantes.

1. Dans la deuxième réplique d'Hernani, relevez la PSII et soulignez les mots interrogatifs.

Quelle est leur classe grammaticale ? ....

2. Combien d'interrogations trouve-t-on dans cette proposition ?

a. ☐ 1 b. ☐ 2 c. ☐ 3 d. ☐ 4

3. Récrivez-les sous forme de phrases interrogatives directes : ....

....

....

6 Jeu de mots

Barrez les mots qui n'appartiennent pas au vocabulaire du genre théâtral.

scène d'exposition – anthologie – tragédie – didascalie – réplique – ode – sonnet – acte – décor – euphémisme – aparté – feuilleton – impressionnisme – mime – journal – tragi-comédie – narrateur – comédie – tirade – encyclopédie – saynète – dramaturgie

Maths

- Les équations du premier degré
- Les équations du second degré de la forme $x^2 = a$
- Les inéquations du premier degré
- Les systèmes de deux équations à deux inconnues du premier degré

Rappel de cours

- On appelle **équation du premier degré à une inconnue** toute égalité entre deux membres où figure une inconnue généralement appelée « x ».
On considère deux nombres a et b avec $a \neq 0$.
L'équation $ax = b$ admet une solution unique : $x = \frac{b}{a}$.

- On appelle **système de deux équations à deux inconnues du premier degré** la donnée de deux équations du premier degré à deux inconnues qui sont dépendantes l'une de l'autre.
On résout ces systèmes en utilisant la méthode par substitution ou la méthode par additions ou par combinaisons linéaires.
L'équation $x^2 = a$, avec $a \geq 0$, admet donc deux solutions : $-\sqrt{a}$ et $+\sqrt{a}$.

Mathématiciennes et mathématiciens célèbres

1 Marie-Sophie Germain et Carl Friedrich Gauss étaient deux très grands mathématiciens, nés respectivement en 1776 et 1777. Ils ont travaillé ensemble. Pendant leur jeunesse, ils auraient pu avoir la discussion suivante : « Cher Carl, savez-vous que j'ai deux fois plus de frères que de sœurs ? » Ce à quoi Gauss aurait rétorqué : « Chère Marie-Sophie, j'ai autant de frères que de sœurs ! »

En imaginant que les deux familles avaient le même nombre d'enfants, quelle en était la composition ? ....

2 **Associez à chaque inéquation la représentation graphique qui lui correspond.**

1. $x \leq -4$ • • a. 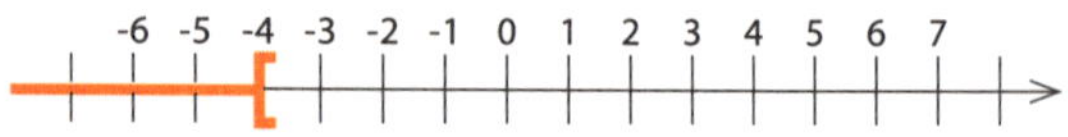

2. $x < -4$ • • b. 

3. $x \geq -4$ • • c. 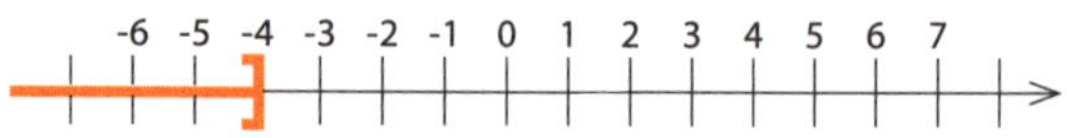

4. $x > -4$ • • d. 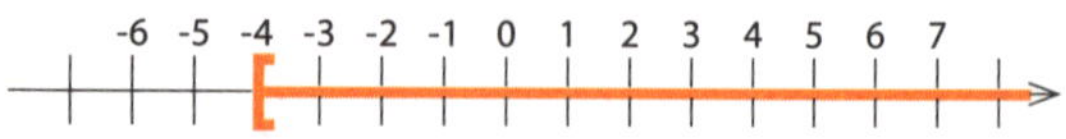

3 **Reliez chaque équation à sa solution.**

1. $2x + 3 = 5$ • • a. 2
2. $3x - 5 = -x + 3$ • • b. 3
3. $2(x + 3) = 3(-2x + 10)$ • • c. 0
4. $5(1 - 2x) + 3(2x + 3) = 2(-x + 7)$ • • d. 1

4 Reliez chaque équation à son ensemble de solutions.

1. $(2x+3)(3-x)=0$ •
2. $2(3+2x)(x+3)=0$ •
3. $-(2+3x)(2x-3)=0$ •
4. $5(3-x)(3x+2)=0$ •

• a. $S=\left\{-\frac{2}{3}\,;3\right\}$
• b. $S=\left\{-\frac{2}{3}\,;\frac{3}{2}\right\}$
• c. $S=\left\{-3\,;-\frac{3}{2}\right\}$
• d. $S=\left\{-\frac{3}{2}\,;3\right\}$

5 Résolvez chacune des inéquations suivantes.

1. $4-6x>-3-x$
2. $2(x-7)\leq 3(1-8x)$
3. $2+5x>-6-x$
4. $\frac{2x-1}{3}\geq 5+x$

Rappel de cours

• On appelle **inéquation du premier degré à une inconnue** toute Inégalité entre deux membres où figure une inconnue généralement appelée « x ».
On ne modifie pas le sens d'une inégalité lorsque l'on <u>ajoute</u> ou lorsque l'on <u>retranche</u> aux deux membres de l'inégalité un même nombre.
On ne modifie pas le sens d'une inégalité lorsque l'on <u>multiplie</u> ou lorsque l'on <u>divise</u> les deux membres de l'inégalité par un même nombre **strictement positif**.
On **renverse** le sens d'une inégalité lorsque l'on <u>multiplie</u> ou lorsque l'on <u>divise</u> les deux membres de l'inégalité par un même nombre **strictement négatif**.

6 Reliez chaque équation à son ensemble de solutions.

1. $x^2=16$ •
2. $(2x+3)^2=16$ •
3. $(3x+2)^2=(2x-5)^2$ •
4. $2(x+3)^2+36=0$ •

• a. $S=\varnothing$
• b. $S=\{-4\,;+4\}$
• c. $S=\left\{-\frac{7}{2}\,;\frac{1}{2}\right\}$
• d. $S=\left\{-7\,;\frac{3}{5}\right\}$

7 Jeu de nombres

Une brique coûte une demi-brique plus un euro. Quel est le prix d'une brique ?

....

....

Anglais

• Les auxiliaires modaux

Marine pollution

From plastic bags to pesticides, most of the waste we produce on land eventually reaches the oceans. If not disposed of correctly, almost everything we throw away can reach the sea. Discarded plastic can even end up thousands of miles away from where people live. Plastic is made to last – it never actually dies –, so it decays very slowly in the oceans, breaking down into tiny little fragments that are eaten by tiny little animals, like plankton, at the bottom of the food chain. It's still early to know exactly how far up the food chain these particles go, but the process is quite worrying. Don't you think?

! *discarded*: jeté
the food chain: la chaîne alimentaire

Rappel de cours

• Les **modaux** ne prennent jamais de *s* à la 3e personne du singulier et ne peuvent être suivis que d'une base verbale sans *to*. On les emploie pour exprimer différentes notions :

Capacité
Au présent : *can*
Au passé : *could*
Équivalents : *to be able to, to manage to*
Devoir, obligation
Au présent : *must, have to*
Au passé : *had to*
Absence d'obligation
Au présent : *needn't, don't have to*
Au passé : *didn't have to*
Permission (de plus en plus polie)
can → *could* → *may*
Conseil (de plus en plus fort)
could → *should* → *had better* → *ought to*
Probabilité (de plus en plus forte)
can't → *might* → *may* → *could* → *can* → *must*

1 Quelle notion les phrases suivantes expriment-elles ? Cochez la bonne réponse.

1. Plastic particles act like sponges, so they can absorb toxic material.

a. ☐ Obligation b. ☐ Capacité c. ☐ Permission

2. Cigarette filters are made of tiny pieces of plastic that damage marine life. Should they be banned?

a. ☐ Obligation b. ☐ Incapacité c. ☐ Conseil

2 Traduisez les phrases suivantes.

1. Nos déchets finissent toujours par atteindre les océans.

....

2. The Arctic is the fastest warming region of the planet.

....

3 Learn and play

Vous devez prendre la parole pour parler de la pollution des océans. Quels sont les deux éléments de la liste que vous utiliserez à coup sûr ?

1. Discarded plastic
2. Littering and dumping
3. Downloading and saving
4. Plastic surgery

Physique-Chimie

Acide chlorhydrique • Piles

- Acide chlorhydrique
- Piles et courant électrique

Rappel de cours

- **L'acide chlorhydrique** (H^+ ; Cl^-) est obtenu par la dissolution du **chlorure d'hydrogène** dans l'**eau**. C'est un **produit très dangereux.** Pour le diluer, il faut toujours verser l'acide dans l'eau et jamais l'eau dans l'acide : il y a risque de projections et de graves brûlures. Il réagit avec beaucoup de métaux. Avec le fer, la réaction est vive et produit un **dégagement de dihydrogène** et du **chlorure de fer**, c'est pourquoi on le stocke toujours dans des récipients en verre ou en plastique.

- **Une pile** produit du courant électrique grâce à une réaction chimique entre des métaux et des solutions ioniques. La différence de potentiel obtenue dépend de la nature des métaux utilisés.

1 **Si l'on dépose une goutte d'acide chlorhydrique sur du papier pH, la couleur va-t-elle changer ? Justifiez votre réponse.**

. . . .

. . . .

2 **Pourquoi faut-il stocker l'acide chlorhydrique dans un récipient en verre ou en plastique, et non dans un bidon en acier ?**

. . . .

. . . .

3 **Des formules suivantes, quelle est celle qui correspond à l'acide chlorhydrique ?**

1. ☐ $2H^+$; SO_4^{2-} **2.** ☐ H^+ ; Cl^- **3.** ☐ H^+ ; NO_3^-

4 **Beaucoup de piles utilisées dans des appareils portables sont du type AA ou AAA. Quelle est la différence de potentiel présente aux bornes de ces piles ?**

. . . .

. . . .

5 Expérience

Pour cette expérience, vous aurez besoin : d'une quinzaine de pièces de 10 ou 20 centimes, d'une quinzaine de rondelles de papier essuie-tout (ou de coton), de deux bandes de papier d'aluminium (environ 1 cm sur 5 cm), d'une diode LED et d'un peu de vinaigre.
Empilez alternativement les pièces et les rondelles de papier essuie-tout sur lesquelles sont versées quelques gouttes de vinaigre.
Avec les bandes d'aluminium, reliez la pièce du dessous à la diode, puis la diode à la rondelle du dessus : elle doit s'allumer faiblement.
Vous venez de fabriquer une pile !

Quiz-bilan
Séquence 4

Français

1 Parmi les phrases suivantes, laquelle exprime le but ?

a. ☐ Il est parti rapidement.
b. ☐ Il est parti très contrarié.
c. ☐ Il est parti afin de s'isoler.

2 Parmi les phrases suivantes, laquelle contient une périphrase verbale ?

a. ☐ Je pense toujours à lui.
b. ☐ Je ne peux arriver à l'oublier.
c. ☐ J'exige que tu partes.

3 Cochez la phrase complexe qui contient une PS interrogative indirecte.

a. ☐ Je ne sais pas ce qu'il pense.
b. ☐ Je sais qu'il ne pense pas à moi.
c. ☐ À quoi pense-t-il ?

Maths

4 La solution de l'équation $2x + 5 = 7(3 - 2x)$ est :

a. ☐ – 1
b. ☐ 2
c. ☐ 1

5 La solution de l'inéquation $2x - 3 < 3x - 7$ est :

a. ☐ Tous les nombres strictement inférieurs à 4.
b. ☐ Tous les nombres strictement supérieurs à 4.
c. ☐ Tous les nombres inférieurs ou égaux à 4.

6 Combien vaut l'expression $(3x - 5)(2x + 3)$ pour $x = 2$?

a. ☐ 7
b. ☐ 8
c. ☐ 9

Anglais

7 Qu'exprime le modal *needn't* ?

a. ☐ L'obligation
b. ☐ Le conseil
c. ☐ L'absence d'obligation

8 Comment dit-on « la chaîne alimentaire » en anglais ?

a. ☐ The food circle
b. ☐ The chain food
c. ☐ The food chain

9 Parmi ces quatre mots français, lequel est transparent (c'est-à-dire qu'il s'écrit de façon identique) en anglais ?

a. ☐ Particule
b. ☐ Pesticides
c. ☐ Plastique
d. ☐ Plancton

Physique-Chimie

10 Le meilleur matériau pour stocker l'acide chlorhydrique est :

a. ☐ le verre.
b. ☐ l'acier.
c. ☐ l'aluminium.

11 Une solution d'acide chlorhydrique a pour formule :

a. ☐ H_2^+ ; Cl^-.
b. ☐ H^+ ; Cl^-.
c. ☐ H^+ ; Cl_2^-.

12 Pour diluer un acide, il faut toujours :

a. ☐ verser l'acide dans l'eau.
b. ☐ verser l'eau dans l'acide.
c. ☐ peu importe, cela n'a aucune importance.

Réponses : 1. c ; 2. b ; 3. a ; 4. c ; 5. b ; 6. a ; 7. c ; 8. c ; 9. b ; 10. a ; 11. b ; 12. a.

Résultats

…… /12

Il était une fois l'histoire des femmes

L'histoire des femmes est marquée, au fil des siècles, par une lutte acharnée pour l'égalité des sexes. Du droit de vote à l'interruption volontaire de grossesse, elles se sont battues pour obtenir les mêmes droits que les hommes.

Des citoyennes à part entière

La revendication du droit de vote et d'éligibilité aux seules élections municipales est portée en 1909 par l'association l'*Union française pour le suffrage des femmes*.
Le droit de vote des femmes sera finalement mis à l'ordre du jour en 1914, mais il faudra attendre 1944 pour que les femmes obtiennent enfin, près d'un siècle après les hommes, le droit d'élire et d'être élues.

La vie active

Dans les années 1950, les femmes entrent dans la vie active mais elles n'ont accès qu'aux emplois peu qualifiés. Malgré ces nouvelles responsabilités, elles continuent à assumer les courses, le ménage et l'éducation des enfants.
C'est grâce aux mouvements féministes qu'elles obtiennent la possibilité d'atteindre des niveaux d'études plus élevés et des emplois qualifiés.

La réforme des régimes matrimoniaux

La loi du 13 juillet 1965 autorise les femmes à travailler, à gérer leurs biens librement et à ouvrir un compte bancaire sans l'autorisation de leur mari. Les mouvements féministes, comme le *Mouvement de libération des femmes*, se battent également pour affirmer le droit des femmes à disposer d'elles-mêmes. Ainsi, en 1967, la loi Neuwirth autorise la contraception. En 1975, la loi Veil (du nom de Simone Veil, ministre de la Santé) autorise l'interruption volontaire de grossesse (IVG).

La parité

Malgré la loi constitutionnelle du 8 juillet 1999 relative à l'égalité entre les femmes et les hommes, l'égal accès des femmes aux fonctions de responsabilité dans les instances politiques n'est pas entièrement respecté. Le premier gouvernement paritaire (17 femmes et 17 hommes) de la Ve République est celui formé par le Premier ministre Jean-Marc Ayrault, en mai 2012.

minitest

1. En quelle année les femmes obtiennent-elles le droit de vote ?

2. Quelles lois assurent aux femmes la maîtrise de la procréation ?

3. Quelle association a œuvré pour que les femmes obtiennent le droit de vote ?

Réponses : 1. En 1944 ; 2. La loi Neuwirth et la loi Veil ; 3. L'*Union française pour le suffrage des femmes*.

Séquence 5

Français

- **Les différents emplois de *que***
- **Les conjonctions de subordination**
- **L'explicite et l'implicite**

La lettre d'Oscar

Cher Dieu,

Je m'appelle Oscar, j'ai dix ans, j'ai foutu le feu au chat, au chien, à la maison (je crois même que j'ai grillé les poissons rouges) et c'est la première lettre que je t'envoie parce que jusqu'ici, [...] j'avais pas le temps.

Je te préviens tout de suite : j'ai horreur d'écrire. [...] Écrire, c'est rien qu'un mensonge qui enjolive. Un truc d'adultes. La preuve ? Tiens, prends le début de ma lettre [...], j'aurais pu aussi bien mettre : « On m'appelle Crâne d'Œuf, j'ai l'air d'avoir sept ans, je vis à l'hôpital à cause de mon cancer et je ne t'ai jamais adressé la parole parce que je crois même pas que tu existes. » Seulement si j'écris ça, ça la fout mal, tu vas moins t'intéresser à moi. Or j'ai besoin que tu t'intéresses.

É.-E. Schmitt, *Oscar et la dame rose* © Albin Michel (2002)

Rappel de cours

- **Les conjonctions de subordination** sont des mots invariables qui introduisent des **propositions subordonnées** (PS) **conjonctives** (ex. : Oscar écrit quand il est triste). Lorsqu'elles comportent plusieurs mots, on les appelle **locutions conjonctives** (ex. : Oscar écrit, **si bien qu'**il se sent mieux).

- *Que* appartient à **plusieurs classes grammaticales** : pronom interrogatif ou relatif (*Que lis-tu ? La lettre que j'ai reçue*), adverbe interrogatif ou exclamatif (*Que ne l'as-tu dit plus tôt ? Que c'est joli !*), élément d'une locution négative (*Tu ne fais que des bêtises*), élément d'un présentatif (*C'est cela que je veux*), conjonction de subordination ou 2e élément d'une locution conjonctive (*Il sort dès que sa sœur arrive et que sa mère le lui permet*).

1 **Soulignez dans le texte tout ce qui indique qu'il s'agit d'une lettre. Qui en sont le destinateur et le destinataire ? Pour quelle raison est-elle écrite ?**

....

2 **Indiquez si les informations suivantes sont données de façon explicite (E) ou implicite (I) dans le texte.**

1. Oscar a dix ans. (.....) **2.** Il a horreur d'écrire. (.....) **3.** Il ne croit pas aux bienfaits de l'écriture. (.....) **4.** Il vit à l'hôpital. (.....) **5.** Il se sent seul, abandonné. (.....) **6.** Il est révolté et en colère. (.....)

3 **Soulignez les mots en gras lorsque ce sont des conjonctions de subordination. Mettez entre crochets la PS.**

Que tu es rouge ! Je pense **que** tu as pris un coup de soleil. **Quand** tu auras pris ta douche, applique la lotion apaisante **qui** se trouve sur l'étagère. Je ne te dis cela **que** pour ton bien et c'est le seul conseil **que** je te donne.

4 **Précisez quel sous-entendu indique le mot souligné.**
Ex. : *Demain, il fera beau.* → *Aujourd'hui, il fait mauvais.*

1. Ce matin, il est arrivé à l'heure. → ....

2. Théo refait du sport. → ....

3. Il n'a pas retrouvé ses clefs. → ....

5 Associez l'emploi de *que* à l'exemple correspondant.

1. Adverbe exclamatif	**a.** Est-ce **que** tu iras voir *Oscar et la dame rose* ?
2. Pronom relatif	**b.** Dès **que** tu seras installé, reste tranquille.
3. Conjonction de subordination	**c.** Viens, **que** je te montre ta place.
4. Remplace la locution *pour que*	**d.** La pièce **que** nous verrons est d'É.-E. Schmitt.
5. Évite la répétition d'une conjonction de subordination	**e.** Comme Oscar se sent seul et **que** Mamie-Rose le lui a conseillé, il écrit à Dieu.
6. Élément d'une locution conjonctive	**f.** Tu sais **que** tu dois éteindre ton téléphone.
7. Élément d'une locution restrictive	**g.** **Que** cette histoire est émouvante !
8. Élément d'une locution interrogative	**h.** Elle ne dure **que** très peu de temps.

1. .... **2.** .... **3.** .... **4.** .... **5.** .... **6.** .... **7.** .... **8.** ....

6 Complétez ces phrases complexes avec la conjonction de subordination ou la locution conjonctive qui convient afin de mettre en évidence la circonstance exprimée entre parenthèses.

1. Elle a mis un short (*opposition*) .... c'est l'hiver.

2. Elle a mis un short (*cause*) .... elle va à la plage.

3. Il ira voir ce film (*condition*) .... elle vient avec lui.

4. Il ira voir ce film (*temps*) .... il sera sorti en salle.

7 Jeu de mots

Remplissez la grille à l'aide des lettres du mot ALTRUISME. Attention : une lettre ne peut apparaître qu'une fois dans la même ligne, la même colonne et le même carré de neuf cases.

A	L	T	R	U	I	S	M	E
E		S	L					A
M						T		L
I						R		M
			A	L	S			
U		E						T
R	E	I	S					U
L						E		
		A	M	T	E			R

Rappel de cours

● *Que* peut introduire :
– une **proposition indépendante au subjonctif** exprimant l'ordre, le souhait, un sentiment (ex. : Que personne ne sorte !) ;
– une **PS relative** (ex. : le livre que tu as lu) ;
– une **PS conjonctive COD** (ex. : Je veux que tu manges) ;
– une **PS circonstancielle** (ex. : Viens que je t'embrasse ; que = pour que).

Que peut aussi remplacer une autre conjonction pour éviter une répétition.

● Un énoncé est **explicite** quand il ne peut être compris que d'une seule façon (ex. : J'ai froid). Il est **implicite** lorsque ce qui est dit comporte plusieurs informations, soit **sous-entendues**, soit **présupposées**, que l'énonciataire doit interpréter (ex. : Je n'ai pas le temps !
→ sous-entendu : je ne peux donc rien faire pour toi ;
→ présupposé : j'ai beaucoup à faire actuellement).

Maths

- **Les diviseurs d'un nombre entier**
- **Les nombres premiers**
- **Le PGCD de deux nombres entiers**
- **Les fractions irréductibles**

La cryptographie

1 Jeu de nombres

Un cryptographe vous a envoyé un message codé.
La clé pour le décoder est d'associer chaque consonne de l'alphabet au nombre premier qui lui correspond. On aura ainsi 2 pour B, 3 pour C, 5 pour D, etc. Chaque voyelle sera remplacée par la voyelle qui la précède. On aura ainsi A pour E, E pour I, I pour O, O pour U, U pour Y et Y pour A.

À vous de décoder le message !

59	U	Y	47		E	59	I	71		5	I	3	13	O	7	7	43	I
23	I		29	I	47	47	E	11	I		29	A	47	53	I	43	I	!

Rappel de cours

- **Les diviseurs communs de deux nombres entiers naturels** forment un ensemble qui contient un nombre fini d'éléments et qui, quels que soient les nombres entiers naturels considérés, n'est pas vide (1 appartient toujours à cet ensemble). Cet ensemble contient donc un plus grand élément que l'on appellera le **plus grand commun diviseur** ou, par souci de simplicité, le **PGCD**.

- Pour calculer le PGCD de deux nombres entiers, pensez à utiliser **la décomposition en facteurs premiers** de chacun des nombres.

2 Répondez par vrai ou faux.

	Vrai	Faux
1. Aucun nombre pair n'est un nombre premier.	☐	☐
2. Tous les nombres impairs sont des nombres premiers.	☐	☐
3. Le PGCD (24 ; 12) est un nombre strictement inférieur à 12.	☐	☐
4. Les nombres 321 et 277 sont des nombres premiers entre eux.	☐	☐

3 Reliez chaque nombre à un de ses diviseurs.

1. 437 •	• a. 17
2. 221 •	• b. 23
3. 961 •	• c. 29
4. 203 •	• d. 31

4 Juline, grande philatéliste, voudrait connaître le nombre exact de timbres dont elle dispose, mais elle n'est pas sûre de son décompte !

Ce qu'elle sait avec certitude, c'est que le nombre de timbres est compris entre 750 et 800. Son amie, Clara, décide de l'aider. Pour cela elle rassemble les timbres par 3, puis par 4, et enfin par 5. Elle constate, non sans intérêt, qu'à chaque fois il lui reste deux timbres.

Pour aider ses camarades, Nadia écrit le petit programme suivant avec le logiciel Scratch !

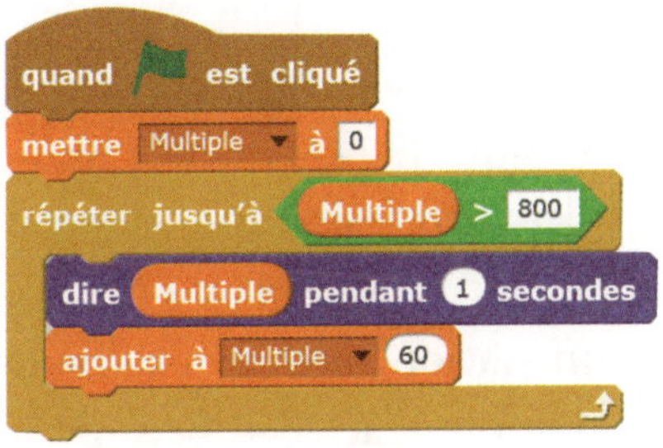

Répondez aux questions ci-dessous.

1. Que permet de réaliser ce programme ? ....

....

2. Comment ce programme pourra-t-il aider Juline et Clara ? ....

....

3. Combien de timbres Juline possède-t-elle ? ....

....

5 **Pour chacune de ces propositions, une seule des trois réponses est correcte. À vous de la trouver !**

1. Le PGCD (805 ; 759) est égal à :

a. ☐ 27. b. ☐ 25. c. ☐ 23.

2. La fraction $\frac{532}{437}$:

a. ☐ est irréductible. b. ☐ $= \frac{28}{23}$. c. ☐ $= \frac{23}{28}$.

3. Les nombres 1 161 et 189 sont :

a. ☐ premiers entre eux.

b. ☐ divisibles par 23.

c. ☐ divisibles par 27.

Rappel de cours

- On appelle **nombre premier** tout nombre entier naturel différent de 1 qui ne possède que deux diviseurs : 1 et lui-même.
- On dit que deux nombres entiers naturels sont **premiers entre eux** lorsque leur seul diviseur commun est 1, donc lorsque leur PGCD est 1.
- Pour réduire une fraction, on divise son numérateur et son dénominateur par leur PGCD. Une fraction est dite **irréductible** si son numérateur et son dénominateur sont premiers entre eux.

Anglais

- **Le style indirect**

Grand Central Terminal

Commonly referred to as "Grand Central Station", Grand Central Terminal is a famous NYC landmark in Midtown Manhattan. Emma Davidson reports:

"Occasionally used as a setting for romance, Grand Central Station has actually become an ideal location for thrillers, fantasies and a wonderful metaphor for chaos and disorientation.

It is the largest train station in the world with 44 platforms, but nearly every movie is shot on Track 34, because it's got no column.

For me, Grand Central's best moment in cinema is in *The Fisher King*, when Terry Gilliam turned it into a glittering ballroom with waltzing commuters. But I'm sure I'm forgetting some fantastic films."

Rappel de cours

- On emploie **le style indirect** pour rapporter les propos de quelqu'un.
- Au **présent simple** → ex. : "Grand Central Terminal <u>has</u> 44 platforms", she <u>says</u>. → She <u>said</u> (that) GCT <u>had</u> 44 platforms.
- Au **présent continu** → ex. : "We'<u>re shooting</u> a scene on Track 34", she <u>says</u>. → She <u>said</u> (that) *they* <u>were shooting</u> a scene on Track 34.
- Au ***present perfect*** → ex. : "I'<u>ve loved</u> *The Untouchables*", she said. → She said (that) *she* <u>had loved</u> *The Untouchables*.
- Au ***past simple*** → ex. : "GCT <u>was built</u> in 1871", she says. → She said that GCT <u>had been built</u> in 1871.
- Au **futur**, avec *will* → ex. : "I <u>will</u> visit GCT next June", she says. → She said *she* <u>would</u> visit GCT *the following* June.

1 Observez les deux phrases suivantes et cochez tous les changements qui ont été opérés pour passer au style indirect.

"I've just heard that Grand Central Terminal is the largest train station in the world", she says.

→ She said (that) she had just heard that GCT was the largest train station in the world.

1. ☐ Present perfect → past perfect
2. ☐ Present simple → simple past
3. ☐ I → we
4. ☐ I → she

2 Complétez la phrase au style indirect en effectuant les changements nécessaires.

"Do you know that Grand Central Terminal has actually become an ideal location for thrillers?", she asks him.

→ She asked him if .... (you/she/he) .... (know/knows/knew) that GCT .... (has/was/had) actually .... (become/became/becoming) an ideal location for thrillers.

3 Une seule phrase est entièrement juste. Laquelle ? Cochez la bonne réponse.

1. ☐ Yesterday, Terry Gilliam said that he was very happy he turned Grand Central Terminal into a glittering ballroom for one scene in his film *The Fisher King*.
2. ☐ Yesterday, Terry Gilliam said that he was very happy he had turned Grand Central Terminal into a glittering ballroom for one scene in his film *The Fisher King*.

SVT

- Asepsie
- Antisepsie
- Antibiotiques

Éviter l'infection

1 Le tatouage et le piercing ne sont pas sans risque : dans les deux cas, la peau, barrière naturelle efficace contre la contamination, est franchie. Il est donc impératif que des règles d'hygiène soient respectées.

Indiquez si les règles suivantes relèvent de l'asepsie ou de l'antisepsie et justifiez votre réponse.

- Lavage efficace des mains
- Utilisation de gants stériles
- Nettoyage de la surface de travail
- Désinfection de la zone à tatouer ou à percer
- Changement de gants entre deux clients
- Utilisation d'outils stériles

....

....

....

2 Mathilde est tombée en faisant du roller. Elle a une plaie au genou. Sa mère, après s'être lavé les mains, désinfecte la blessure avec de l'alcool à 70° et recouvre ensuite la plaie avec un pansement stérile.

Dressez la liste de chacun des gestes du soin et expliquez leur rôle.

1. ....
2. ....
3. ....

3 Jeu de sciences

L'antibiogramme est une analyse fréquemment réalisée en laboratoire. Elle consiste à mettre en présence les bactéries prélevées dans un foyer infectieux avec différents antibiotiques (ici repérés par des numéros).

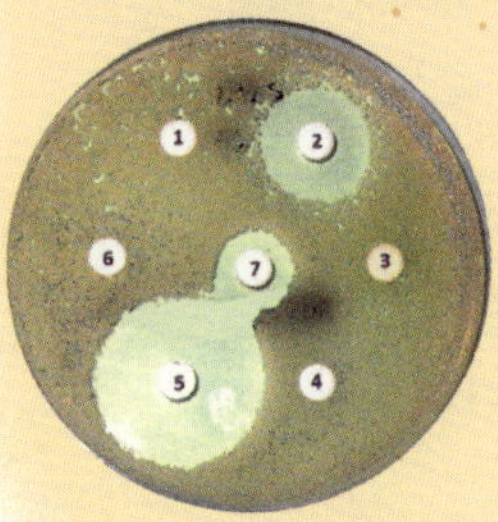

1. À quoi sert cette analyse ?

....

2. Observez la photographie et classez les antibiotiques par ordre d'efficacité croissante.

....

....

Rappel de cours

- **Une infection** se déclare après qu'une de nos barrières naturelles endommagée a permis aux micro-organismes de pénétrer (**contamination**) et de se multiplier dans l'organisme.
- **L'asepsie** regroupe l'ensemble des **méthodes préventives** qui limitent les risques de contamination.
- **L'antisepsie** consiste à détruire localement les micro-organismes au niveau d'une plaie par des **méthodes curatives**.
- Lorsqu'une infection bactérienne est déclarée, l'utilisation d'**antibiotiques** permet de stopper la multiplication des bactéries et de les détruire. Ils sont sans effet sur les virus.

! Plus la zone claire autour de la pastille est grande, plus l'antibiotique est efficace.

Quiz-bilan
Séquence 5

Français

1 Cochez la phrase dans laquelle *que* est pronom relatif.

a. ☐ Que fais-tu ici ?

b. ☐ J'ai peur que tu te sois égaré.

c. ☐ Prends donc le chemin que je t'indique !

2 Parmi les phrases suivantes, laquelle contient une conjonction de subordination ?

a. ☐ Ce que tu m'agaces !

b. ☐ Qui es-tu pour me parler ainsi ?

c. ☐ Tu protestes alors que tu as tort !

3 Parmi les propositions suivantes, cochez l'énoncé implicite.

a. ☐ Le train de 18 h 53 est en retard.

b. ☐ Pour une fois que le train n'est pas en retard !

c. ☐ Les trains arrivent généralement à l'heure.

Maths

4 La fraction irréductible égale à $\frac{187}{221}$ est :

a. ☐ $\frac{11}{13}$ b. ☐ $\frac{13}{11}$ c. ☐ $\frac{17}{11}$

5 Une des affirmations suivantes est fausse. Laquelle ?

a. ☐ Tous les nombres premiers sont des nombres pairs.

b. ☐ Il existe des nombres impairs et premiers.

c. ☐ Un nombre premier admet exactement deux diviseurs.

6 Le PGCD de 529 et 391 est :

a. ☐ 23.

b. ☐ 17.

c. ☐ 34.

Anglais

7 La phrase suivante est-elle au discours indirect ?

In American cinema, Grand Central Station has become a wonderful metaphor for chaos.

a. ☐ Oui b. ☐ Non

8 Quelle est la bonne transcription au style direct de la phrase suivante ?

She said (that) they were shooting a scene on Track 34.

a. ☐ "We're shooting a scene on Track 34", she says.

b. ☐ "We were shooting a scene on Track 34", she said.

c. ☐ "We'll be shooting a scene on Track 34", she says.

9 Quelle est la bonne transcription au style indirect de la phrase suivante ?

"We'll shoot my film at Grand Central Terminal", says the director.

a. ☐ The film director said that he would shoot their film at Grand Central Terminal.

b. ☐ The film director said that they would shoot his film at Grand Central Terminal.

c. ☐ The film director said that they will shoot his film at Grand Central Terminal.

SVT

10 Les antibiotiques :

a. ☐ détruisent les bactéries.

b. ☐ détruisent les virus.

c. ☐ sont toujours actifs sur les bactéries.

11 L'asepsie :

a. ☐ stoppe l'infection.

b. ☐ limite les risques de contamination.

c. ☐ regroupe des méthodes préventives.

12 L'asepsie et l'antisepsie :

a. ☐ sont réservées à l'hôpital.

b. ☐ peuvent être pratiquées dans la vie de tous les jours.

c. ☐ sont des antibiotiques.

Réponses : 1. c ; **2.** c ; **3.** b ; **4.** a : la liste des diviseurs de 187 est 1 ; 11 ; 17 ; 187 ; la liste des diviseurs de 221 est 1 ; 13 ; 17 ; 221 ; donc le plus grand diviseur commun est 17, donc $\frac{187}{221} = \frac{11}{13}$; **5.** a ; **6.** a ; **7.** b ; **8.** a ; **9.** b ; **10.** a ; **11.** b, c ; **12.** b.

Résultats

...... /12

Le génome humain

Le génome est longtemps resté un mystère pour les scientifiques. Ce sont les progrès de la génétique qui, à la fin du xxe siècle, ont fait émerger l'idée d'une étude approfondie de l'ADN humain.

Watson et Crick

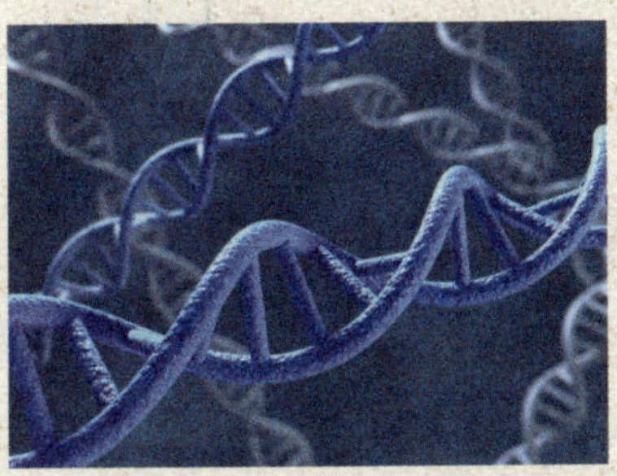

Au xxe siècle, les connaissances des chercheurs reposaient sur les résultats de Watson et Crick qui avaient découvert la structure de la molécule en double hélice de l'ADN en 1953. Ce support de l'information génétique (présent dans le noyau de chaque cellule d'un individu) renferme en effet, dans une organisation très précise, le code de la plupart de nos caractères.

Le projet « génome humain »

C'est en 1990 que la vaste aventure visant à identifier tous les gènes de l'espèce humaine est lancée, grâce à une coopération scientifique internationale. Les analyses, réalisées à partir de l'ADN de cellules sanguines de donneurs anonymes, ont permis, avec la performance des ordinateurs, d'identifier 20 à 25 000 gènes, soit 90 % du génome humain, les 10 % non identifiés semblant correspondre à des zones dites silencieuses. Ces résultats, formidable source de connaissances pour la recherche fondamentale, permettent notamment de mieux connaître certaines maladies génétiques et de dépister des anomalies héréditaires dès la grossesse.

Conséquences dans le monde médical

Aujourd'hui, l'avancée des travaux scientifiques permet d'envisager avec optimisme l'idée du succès de la thérapie génique qui pourrait permettre la correction de gènes défectueux. L'industrie pharmaceutique travaille également au développement de nouveaux outils de diagnostic et de traitement. Ainsi, une société américaine a récemment obtenu un brevet dans le but de mettre au point un test de dépistage de la prédisposition du cancer du sein.

minitest

1. Où trouve-t-on l'ADN ?
- a Uniquement dans les cellules sanguines
- b Dans le noyau de chaque cellule
- c Uniquement dans le noyau des cellules cancéreuses

2. Par qui fut identifié 90 % du génome humain ?
- a Des chercheurs français
- b Des chercheurs américains
- c Des chercheurs internationaux

3. Quelles maladies vont pouvoir être dépistées grâce à la connaissance du génome humain ?
- a Infectieuses
- b Génétiques
- c Héréditaires

Réponses : 1. b ; 2. c ; 3. b, c.

Français

- Orthographier « tout »
- Les homophones « en » et « y »
- Les subordonnées infinitives et participiales
- Le discours indirect libre

Rappel de cours

• ***En*** et ***y*** sont des **pronoms personnels compléments.** Ils peuvent être considérés comme des adverbes de lieu remplaçant *ici* et *là* (ex. : Je reste ici. → J'y reste.).
– ***En*** remplace un GN construit avec la préposition *de* et les déterminants *du, de la, des* (ex. : J'ai acheté du thé glacé ? → En veux-tu ?) ou un GN désignant des personnes et employé avec des déterminants numéraux ou indéfinis (ex. : A-t-elle des frères ? Elle en a deux, elle en a plusieurs…)
– ***Y*** est CC de lieu (ex. : Je vais à la piscine. → J'y vais. Le livre est-il sur la table ? → Il y est.)

• La **proposition infinitive,** COD du verbe de la principale, est construite avec un verbe à l'infinitif dont le sujet (qui fait l'action) est différent du sujet de la principale.
Ex. : Le juge écoute le prisonnier s'expliquer.

Le soldat et son chien

Après l'armistice, en 1918, le juge Lantier vient interroger le soldat Jacques Morlac, emprisonné pour une affaire mystérieuse. Morlac raconte dans quelle mesure son chien Guillaume a participé en même temps que lui aux événements.

« – Puisque c'est le chien qui semble vous intéresser, je vous dirai qu'il m'a veillé pendant toute la maladie et qu'il allait chercher de l'aide chaque fois que j'avais besoin de quelque chose. »

Maintenant que Lantier connaissait un peu Guillaume, il trouvait très touchant le récit de son dévouement pendant la guerre. Mais la froideur de son maître n'en était que plus étonnante. Qu'il ait entretenu avec les bêtes, comme tous les paysans, un rapport utilitaire et dépourvu de toute effusion, il le comprenait. Mais il semblait y avoir autre chose. Que s'était-il passé entre eux, que le prisonnier ne disait pas ?

Jean-Christophe Ruffin, *Le Collier rouge*, © Gallimard, (2014).

1 Les personnages

1. Associez les adjectifs aux trois personnages : *dévoué, distant, étonné, fidèle, froid, perplexe, perspicace, utile.*

Morlac : ....

Guillaume : ....

Lantier : ....

2. À qui peut-on attribuer les paroles rapportées dans la dernière phrase ?

a. ☐ Morlac **b.** ☐ Guillaume **c.** ☐ Lantier

3. Ces paroles rapportées sont au :

a. ☐ discours direct
b. ☐ discours indirect
c. ☐ discours indirect libre

2 Cochez les phrases qui contiennent une proposition infinitive.

a. ☐ Ils entendirent gronder le tonnerre.
b. ☐ Nous regardons les étoiles briller dans le ciel d'été.
c. ☐ Tu dois penser à ton avenir.
d. ☐ Nous les écoutons chanter tous ensemble.

3 Cochez les phrases qui contiennent une proposition participiale.

a. ☐ Ma valise défaite, je partis pour la plage.

b. ☐ La fillette, toute trempée, claquait des dents.

c. ☐ Le camping étant loin du village, nous vous conseillons d'y aller en vélo.

d. ☐ Les invités arrivés, elle servit l'apéritif.

4 Entourez la forme qui est correcte.

a. ☐ Nous partons à Nantes dans trois jours. Nous y / Nous en allons en train.

b. ☐ J'ai des amis au Canada, je les / j'y appelle souvent.

c. ☐ Aimes-tu les hamburgers ? J'en / Je les aime beaucoup.

d. ☐ Ce décor de château médiéval est vraiment réaliste. On s'y / On le croirait vraiment !

5 Complétez les phrases suivantes avec *tout, tous, toute* ou *toutes*. Indiquez la nature du mot choisi entre parenthèses : adverbe (A), déterminant (D) ou pronom (P).

1. Il est .... (...) content de venir .... (...) les matins faire du sport avec .... (...) ses amis.

2. Il se retourne .... (...) le temps car il attend son arrivée à .... (...) instant.

3. Je suis .... (...) étonnée de te savoir ici.

4. .... (...) va bien, Chloé ? Tu es .... (...) pâle et .... (...) essoufflée.

5. .... (...) ensemble, nous y arriverons !

Rappel de cours

- La **proposition participiale**, le plus souvent CC de temps, de cause ou de condition, est construite avec un verbe au participe (présent ou passé) dont le sujet est différent de celui de la principale (ex. : Le chien **aboyant** sans cesse, les voisins sont furieux).
- On appelle **discours indirect libre** les paroles d'un personnage rapportées indirectement dans le récit, sans construction particulière qui le signale (ex. : Lucie s'inquiétait. Quand donc sa mère rentrerait-elle ?)
- *Tout* est **variable** quand il est **déterminant** ou **pronom indéfini** (ex. : Je téléphone tous les jours à mes amis qui sont tous partis en vacances).
- *Tout* est **invariable** quand il est **adverbe** : sens de *très*, *complètement* (ex. : Ils sont tout bronzés). Cependant, pour l'euphonie, il s'accorde avec l'adjectif au féminin commençant par une consonne ou un *h* aspiré qui le suit (ex. : Elles sont tout épuisées, toutes hâlées, toutes contentes).

6 Jeu de mots

Observez l'orthographe des mots et barrez l'intrus dans chaque liste.

1. récréation – natation – passion – tentation – situation – accusation

2. progression – exception – permission – obsession – mission – percussion

3. connexion – contorsion – inversion – propulsion – répulsion – inversion

Maths

- Les probabilités
- Expériences aléatoires à deux épreuves
- Arbre pondéré de probabilité
- Les statistiques
- Moyenne, médiane, quartile

Rappel de cours

- On appelle **moyenne** d'un caractère quantitatif le rapport entre la somme de toutes les valeurs prises par le caractère et l'effectif total de la série.

- On appelle **médiane** d'une série statistique ordonnée toute valeur du caractère quantitatif qui sépare la série en deux parties de même effectif.

Le chevalier de Méré

1 Antoine Gombaud (1607-1684), dit chevalier de Méré, était un écrivain français célèbre pour ses maximes et aphorismes. À cette époque, les jeux de hasard (et notamment les jeux de cartes) étaient très prisés. Le chevalier de Méré essaya de comprendre le mécanisme de ces jeux. On considère un jeu de 32 cartes ordinaire et non truqué. Le chevalier tire, au hasard, une carte du paquet.

Associez chaque évènement à sa probabilité.

1. Tirer un as	•	•	a. $P = \frac{3}{8}$
2. Tirer une couleur rouge	•	•	b. $P = \frac{1}{2}$
3. Tirer une figure (roi, dame ou valet)	•	•	c. $P = \frac{1}{32}$
4. Tirer l'as de pique	•	•	d. $P = \frac{1}{8}$

2 **On considère les séries statistiques suivantes. Associez chaque série à sa médiane.**

1. {19 ; 15 ; 03 ; 07 ; 12 ; 09 ; 18}	•	•	a. 4
2. {04 ; 07 ; 18 ; 03 ; 02}	•	•	b. 9
3. {16 ; 05 ; 10 ; 01 ; 14 ; 07 ; 03 ; 12 ; 09}	•	•	c. 12
4. {15 ; 08 ; 11}	•	•	d. 11

3 Jeu de nombres

Dans un sac, il y a des billes :

- Toutes les billes sont bleues sauf 2.
- Toutes les billes sont vertes sauf 2.
- Toutes les billes sont rouges sauf 2.

1. Combien y a-t-il de billes dans le sac ? ....
2. Quelles sont les couleurs de ces billes ? ....

4 On dispose de deux bocaux qui contiennent pour le premier trois bonbons bleus et cinq bonbons verts, et pour le second quatre bonbons noirs et deux bonbons rouges. On mange un bonbon du bocal A puis un bonbon du bocal B.

Répondez aux questions suivantes.

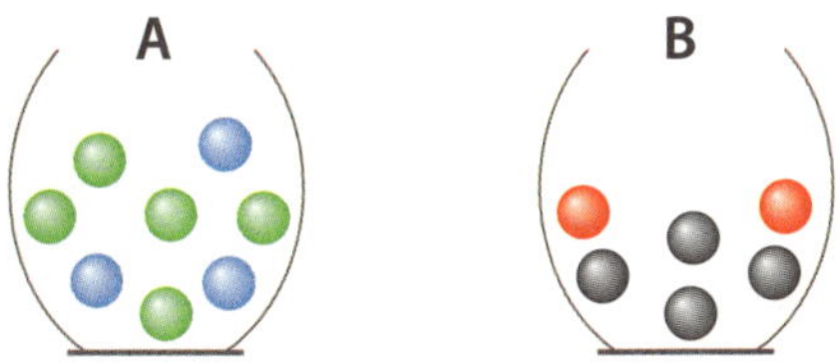

1. Complétez l'arbre de probabilité illustrant les différentes possibilités.

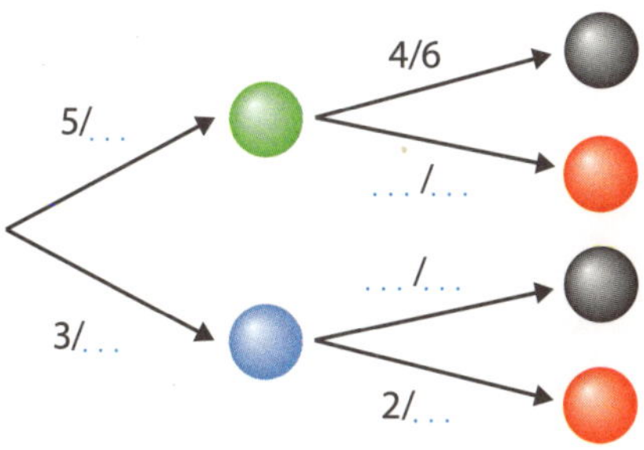

Donc P({(V ; N)}) = $\frac{\dots}{\dots} \times \frac{\dots}{\dots} = \frac{\dots}{\dots}$

Donc P({(V ; R)}) = $\frac{\dots}{\dots} \times \frac{\dots}{\dots} = \frac{\dots}{\dots}$

Donc P({(B ; N)}) = $\frac{\dots}{\dots} \times \frac{\dots}{\dots} = \frac{\dots}{\dots}$

Donc P({(B ; R)}) = $\frac{\dots}{\dots} \times \frac{\dots}{\dots} = \frac{\dots}{\dots}$

2. Quelle est la combinaison qui a le plus de chance de se produire ?

....

....

5 **On considère la série statistique suivante :**

Note	9	11	12	14	16
Effectif	2	3	3	2	5

Pour chacune de ces propositions, une seule des quatre réponses est correcte. À vous de la trouver !

1. La médiane de cette série est : **a.** ☐ 11 **b.** ☐ 12 **c.** ☐ 13 **d.** ☐ 14

2. La moyenne de cette série est : **a.** ☐ 11 **b.** ☐ 12 **c.** ☐ 13 **d.** ☐ 14

3. L'étendue de cette série est : **a.** ☐ 5 **b.** ☐ 6 **c.** ☐ 7 **d.** ☐ 9

4. Le premier quartile Q_1 est : **a.** ☐ 8 **b.** ☐ 10 **c.** ☐ 11 **d.** ☐ 12

5. Le troisième quartile Q_3 est : **a.** ☐ 14 **b.** ☐ 16 **c.** ☐ 18 **d.** ☐ 12

6. L'écart interquartile vaut : **a.** ☐ 4 **b.** ☐ 5 **c.** ☐ 6 **d.** ☐ 7

Rappel de cours

- On appelle **premier quartile** d'une série statistique la plus petite valeur Q_1 de la série pour laquelle au moins un quart des valeurs de la série sont inférieures ou égales à Q_1.

- On appelle **troisième quartile** d'une série statistique la plus petite valeur Q_3 de la série pour laquelle au moins trois quarts des valeurs de la série sont inférieures ou égales à Q_3.
Dans une situation d'équiprobabilité, on définit P(A), la probabilité de réaliser l'évènement A. Ce nombre est défini par le rapport :

$$\frac{\text{nombre de cas favorables à la réalisation de A}}{\text{nombre de cas possibles}}$$

- **L'arbre de probabilité** d'une expérience indique chacune de ses **issues.** On peut **pondérer** l'arbre de probabilité en indiquant sur chaque branche la probabilité correspondante.

Anglais

- Les temps du futur

John Bull

John Bull, the title of the magazine in the document here on the right, refers to a very popular figure, a symbol of the United Kingdom, a sort of British Uncle Sam. This character is contemporary to Jonathan Swift's *Gulliver*. He was famous for his patriotism and, as his family name suggests, his extremely blunt opinions, which made him very controversial, of course. The front page of this issue is a typical image of a young couple who just got married.

Rappel de cours

- On emploie la forme ***be + going to*** **+ base verbale** pour dire ce que l'on a l'intention de faire (ex. : I'm going to study at the Academy. I want to be a graphic designer) ou ce qui va certainement se passer compte tenu de la situation présente (ex. : He's very good at drawing. His exhibition is going to be a great success).

- On emploie le **présent continu** pour exprimer une action future déjà décidée par la personne qui va l'accomplir (ex. : Which subject is he teaching this afternoon?).

- On emploie la forme ***will*** **+ base verbale** pour exprimer un engagement (ex. : I will hand in my drawing next Monday), un évènement prévu et organisé (ex. : The train to Philadelphia will depart at 10:53), un évènement parfaitement aléatoire, une prédiction, un souhait (ex. : I hope he'll make it to university), ou une décision prise sur le moment (ex. : "Are you leaving?" "I'll go with you.").

1 Complétez les phrases suivantes à l'aide des prépositions proposées.

1. This document is the front page .... (from/of/at) a newspaper called *John Bull*.
2. John Bull was known .... (from/by/for) his blunt opinions and his patriotism.
3. This issue was published .... (by/in/at) 1947. We can see a young couple who just got married.

2 Cochez la ou les phrases qui décrivent le document ci-dessus.

1. ☐ The scene takes place after a wedding.
2. ☐ There are two people in a car.
3. ☐ The style is typical of the 1940s.
4. ☐ The style is typical of the 1990s.

3 Learn and play

***Right or wrong?* Observez les phrases suivantes et cochez la case *right* si la phrase est correcte, et *wrong* si elle comporte une erreur.**

	Right	Wrong
1. They just got married. Let's hope they're going to be happy!	☐	☐
2. They're face to face and I think they're going to kiss.	☐	☐
3. The bride's shoe that is tied to the car will get dirty.	☐	☐

Physique-Chimie

- Énergie électrique
- Calcul de la puissance électrique

Énergie et puissance en électricité

1 Associez chaque appareil à une puissance :

1. Lampe d'éclairage •	• a. 1 800 W
2. Aspirateur •	• b. 3 000 W
3. Plaque de cuisson •	• c. 20 W

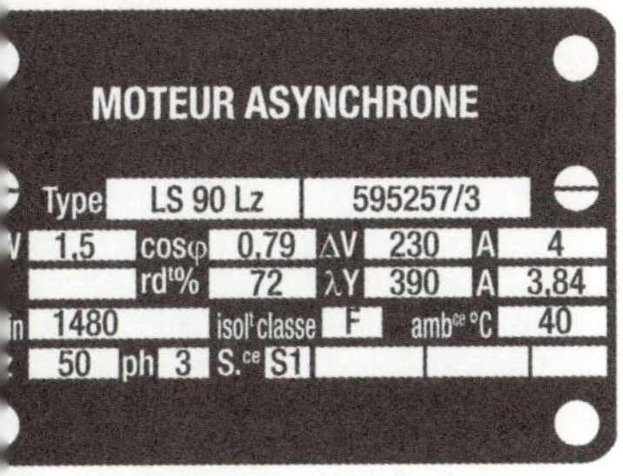

2 Observez cette plaque présentant les caractéristiques d'un moteur électrique et répondez aux questions suivantes.

1. Quelle est la puissance de ce moteur en W ?

....

2. Quelle est sa vitesse de rotation ?

....

3 Calculez l'intensité qui circule dans une lampe de 40 W, alimentée sous une tension de 230 V.

....

4 Quelle est l'énergie consommée, en watt-heure et en kilowatt-heure, par une lampe de 25 W qui fonctionne en moyenne une heure par jour, pendant un an (365 jours) ?

....

....

....

Rappel de cours

- **La puissance électrique** s'exprime à l'aide de la formule $P = U \cdot I$, où P est la puissance, U la tension, et I l'intensité.
- **L'énergie (E)** consommée par un appareil pendant un temps t se calcule avec la relation $E = P \cdot t$
- L'énergie électrique consommée par un appareil s'exprime souvent en **watt-heure** ou **kilowatt-heure**.

5 Expérience

1. Repérez l'index sur le compteur d'énergie, c'est-à-dire le nombre de kWh consommés.
2. Quelques semaines plus tard, effectuez la même opération.
3. En calculant la différence des deux index, vous obtiendrez la consommation d'énergie électrique entre les deux dates.
4. En relevant, sur une facture, le montant du kWh, vous pouvez maintenant calculer le coût de l'énergie consommée pendant un laps de temps donné !

Quiz-bilan
Séquence 6

Français

1 Parmi les phrases suivantes, une seule est correctement orthographiée. Laquelle ?

a. ☐ Il court tout les soirs, même durant les vacances.

b. ☐ Cette maison est toute en pierre, mêmes les terrasses.

c. ☐ Même les enfants sont tout silencieux !

2 Quelle phrase ne contient pas de proposition infinitive ?

a. ☐ Je vois qu'il est prêt à partir.

b. ☐ Je le vois partir.

c. ☐ Je l'ai vu partir.

3 Dans quelle phrase « en » est-il CC de lieu ?

a. ☐ Quel bruit ! Il en a vraiment assez !

b. ☐ Quelle chaleur ! Il n'en revient pas !

c. ☐ Quelle belle excursion ! Il en revient juste à l'instant.

Maths

4 La probabilité de tirer un as dans un jeu de 32 cartes est de :

a. ☐ $\frac{1}{32}$ b. ☐ $\frac{1}{8}$ c. ☐ $\frac{4}{16}$

5 La probabilité de tirer une boule verte d'un sac contenant trois boules vertes et quatre boules rouges indiscernables au toucher est de :

a. ☐ $\frac{3}{7}$ b. ☐ $\frac{1}{3}$ c. ☐ $\frac{4}{7}$

6 Je jette une pièce de monnaie non truquée 6 fois de suite. J'ai obtenu cinq fois « pile » aux cinq premiers lancers. La probabilité d'obtenir « pile » au sixième lancer est donc de :

a. ☐ 0

b. ☐ 1

c. ☐ 0,5

Anglais

7 Quelle expression du futur emploie-t-on pour exprimer une intention ?

a. ☐ will

b. ☐ be + going + to

8 Qu'exprime la phrase suivante ?

"The sky is so cloudy! It's going to rain."

a. ☐ Une prédiction aléatoire

b. ☐ Une intention

c. ☐ Une prévision facile à faire

9 Quelle phrase, parmi les propositions suivantes, est entièrement correcte ?

a. ☐ "The train to Boston will depart at 10:13."

b. ☐ "The train to Boston is going to depart at 10:13."

c. ☐ "The train to Boston shall depart at 10:13."

Physique-Chimie

10 L'énergie électrique s'exprime en :

a. ☐ watt.

b. ☐ watt-heure.

c. ☐ kilowatt.

11 La puissance électrique se calcule en utilisant la formule :

a. ☐ $U = R \cdot I$

b. ☐ $P = R \cdot I$

c. ☐ $P = U \cdot I$

12 Une lampe de 50 W qui fonctionne pendant dix heures consomme :

a. ☐ 5 Wh.

b. ☐ 50 Wh.

c. ☐ 500 Wh.

Réponses : 1.c ; 2.a ; 3.c ; 4.b ; 5.a ; 6.c ; 7.b ; 8.c ; 9.a ; 10.b ; 11.c ; 12.c.

Résultats

...... /12

DOCU

Il était une fois Charles de Gaulle

Militaire de profession, Charles de Gaulle (1890-1970) devient, pendant la Seconde Guerre mondiale, le symbole de la résistance de la France libre contre l'Allemagne nazie. Chef du Gouvernement provisoire jusqu'en 1946, puis président de la République de 1958 à 1969, il est aujourd'hui considéré comme une figure phare de son siècle.

L'homme du 18 juin 1940

Le 17 juin 1940, le maréchal Pétain demande l'armistice à l'Allemagne. Le 18 juin, le général de Gaulle lance, *via* la BBC, un appel à poursuivre la guerre. Peu nombreux sont ceux qui l'entendent, mais cet appel constitue l'acte fondateur de la Résistance. Depuis Londres, il dirige les Forces françaises libres qui permettront de replacer la France dans la guerre contre Hitler et de résister au régime de Vichy. Cinq ans plus tard, il sera considéré comme le libérateur et grâce à lui, en dépit de la politique de collaboration de Vichy, la France fera partie du clan des Alliés.

De Gaulle et la grandeur de la France

En 1958, en pleine guerre d'Algérie, le président de la République René Coty fait appel au général de Gaulle. Il procède à la rédaction de la Constitution de 1958, qui est adoptée par référendum en septembre. En décembre, le général de Gaulle devient le premier président de la Ve République. Pour « redonner sa grandeur » à la France, il la dote de la force de frappe nucléaire en 1960, et met fin à la guerre d'Algérie en 1962. Rêvant d'une « Europe allant de l'Atlantique à l'Oural », il se rapproche de l'Allemagne en signant avec Konrad Adenauer le traité de l'Élysée, en 1963, et pose son veto à l'entrée du Royaume-Uni dans la CEE.

La démission

28 avril 1969. « Je cesse d'exercer mes fonctions de président de la République. Cette décision prend effet aujourd'hui à midi. »
Ce sera le dernier communiqué du général de Gaulle.
Il avait annoncé son intention de démissionner si le « non » l'emportait au référendum sur le transfert de pouvoirs aux régions.

minitest

1. Quel est l'évènement qui fera du général de Gaulle le chef de la Résistance ?

2. À quelle République le nom du général de Gaulle est-il associé ? Pourquoi ?

3. Quelle expression résume le projet qu'il a pour la France ?

Réponses : 1. L'appel du 18 juin 1940 ; 2. La Ve République car le général de Gaulle rédige une nouvelle constitution : celle de 1958 ; 3. La grandeur de la France.

Séquence 7

Français

- Le subjonctif et ses emplois
- L'emphase et les procédés d'insistance

L'enfant-fleuve

Un singulier enfant que mon frère Jacques. [...] D'aussi loin qu'il me souvienne, je le vois, les yeux rouges et la joue ruisselante. [...] Quand on lui disait : « Qu'as-tu ? » il répondait en sanglotant : « Je n'ai rien. » Et le plus curieux, c'est qu'il n'avait rien. [...] Quelquefois M. Eyssette, exaspéré, disait à ma mère : « Cet enfant est ridicule, regardez-le... C'est un fleuve. » À quoi Mme Eyssette répondait de sa voix douce : « Que veux-tu, mon ami ? Cela passera en grandissant ; à son âge, j'étais comme lui. »

En attendant, Jacques grandissait ; il grandissait beaucoup même, et cela ne passait pas. Tout au contraire, la singulière aptitude qu'avait cet étrange garçon à répandre sans raison des averses de larmes allait chaque jour en augmentant.

Alphonse Daudet, *Le Petit Chose* (1868)

Rappel de cours

- Pour insister sur un élément de la phrase, on peut **le déplacer** en tête de phrase, **le détacher** grâce à la ponctuation, **le répéter** en employant un pronom de reprise et **l'encadrer** grâce à un présentatif.
Ex. : Tu prépares cette surprise pour Léa. (phrase neutre)
→ **Pour Léa**, tu prépares cette surprise. (déplacement en début de phrase et détachement)
→ **Cette surprise**, tu **la** prépares pour Léa. (déplacement et reprise par un pronom)
→ C'est **toi** qui prépares cette surprise pour Léa. (encadrement par le présentatif « c'est ... qui »)

- Les phrases dont les constituants sont ainsi mis en valeur sont de **forme emphatique**.

1 Reliez les mots à leur(s) synonyme(s).

1. Singulier •
2. Exaspéré •
3. Ridicule •
4. Étrange •

• a. Individuel
• b. Bizarre
• c. Excédé
• d. Banal
• e. Grotesque

2 Mettez en valeur l'élément souligné en employant le déplacement et le détachement. Attention : vous devrez parfois utiliser un pronom de reprise.

1. J'adore <u>écouter le bruit de la mer</u>. → ....
2. Je voudrais un kilo <u>de tomates</u>. → ....
3. J'ai rencontré Léa <u>aujourd'hui</u> au marché. → ....
4. Tout le monde aime <u>mon grand frère</u>. → ....

3 Soulignez l'élément mis en valeur dans chacune des phrases suivantes et indiquez le procédé employé : déplacement (D), répétition (R) ou encadrement (E).

C'est demain que nous fêtons l'anniversaire de Karim (......). Tous ses amis, absolument tous, seront là (......). Sa sœur Amina, elle, ne pense pas pouvoir venir (......). Voici le cadeau que je lui ai choisi (......). À minuit, nous lui ferons une surprise (......).

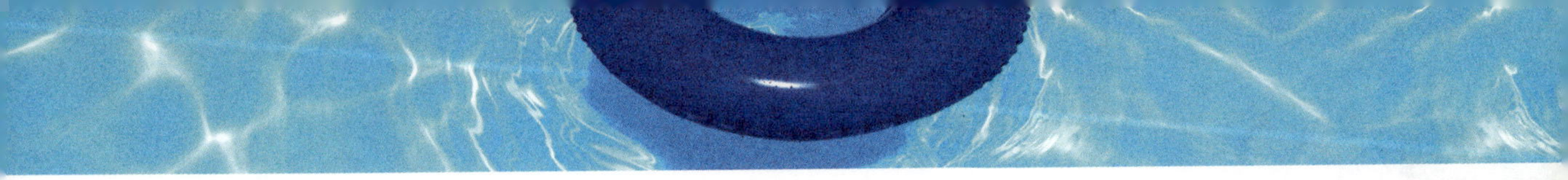

4 **Soulignez les éléments mis en valeur dans cette phrase, puis récrivez-la en supprimant les emphases.**

Ce projet, voilà plus d'un an que je le prépare.

....

5 **Donnez l'infinitif des verbes suivants et indiquez quel est le temps du subjonctif utilisé.**

Verbe conjugué	Infinitif	Temps du subjonctif
(Que) je parte		
(Que) tu fusses venu		
(Qu') il crût		
(Qu') elles aient reçu		

6 **Mettez les verbes au subjonctif présent. Indiquez entre parenthèses la valeur exprimée dans chaque phrase : ordre (O), indignation (I), souhait (S), crainte (C) ou étonnement (E).**

1. Je suis surprise que cela (*être*) .... possible et que tu (*réussir*) .... aussi facilement. (......)

2. Franchement, qu'on (*pouvoir*) .... en arriver là, ça me dépasse ! (......)

3. J'ai bien peur qu'elle (*avoir*) .... trop de mal à s'habituer et qu'elle (*partir*) .... vite. (......)

4. Comme j'aimerais que tu (*faire*) .... un peu plus de sport et que tu (*aller*) .... nager régulièrement ! (......)

5. Qu'on (*se taire*) .... et qu'on (*se ranger*) .... immédiatement ! (......)

7 **Jeu de mots**

Formez cinq mots en vous servant uniquement des lettres proposées. Vous pouvez en trouver dix !

U	U	M	S	T	C
M	U	C	U	S	

Rappel de cours

- Le **subjonctif** est le mode des actions **envisagées.** Il comprend deux temps simples (**présent** et **imparfait**) et deux temps composés (**passé** et **plus-que-parfait**).

- On le trouve dans :
  – les **PS conjonctives** introduites par *que*, après un verbe principal exprimant l'**ordre**, la **défense**, le **souhait** ou un **sentiment** (voir séquence 5) ;
  – les **PS relatives** pour exprimer un **souhait** ou une **éventualité** (ex. : Je cherche un camping qui **soit** bien situé) ;
  – les **P indépendantes** pour indiquer l'ordre, la défense, le souhait, la condition ou l'indignation (ex. : Pourvu qu'il ne **pleuve** pas !).

Maths

- Les relations trigonométriques dans le triangle rectangle
- La relation fondamentale de la trigonométrie

La pyramide de Khéops

1 La pyramide de Khéops (l'une des sept merveilles du monde !) peut être assimilée à une pyramide régulière à base carrée (comme représentée ci-dessous). La base de cette pyramide est approximativement un carré de 230 m de côté. Sa hauteur est de 137 m.

À partir de ces informations, répondez aux questions suivantes.

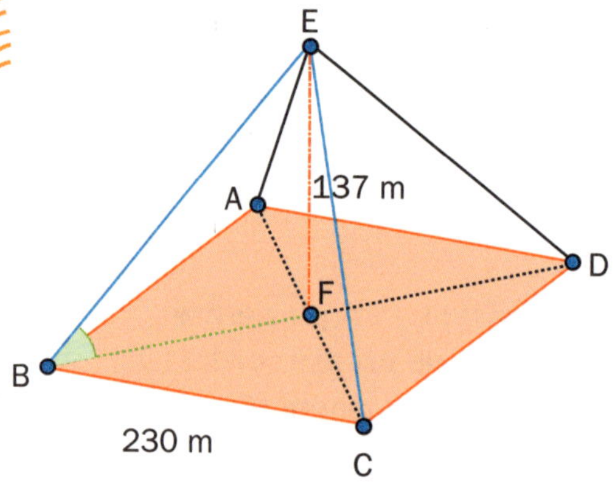

1. Calculez la longueur de l'apothème de cette pyramide, c'est-à-dire la longueur de l'un de ses côtés, EB par exemple.

....

....

2. Calculez la mesure de l'angle $\widehat{\textbf{FBE}}$.

....

....

2 **À l'aide de la calculatrice, reliez chaque expression à sa valeur arrondie au centième.**

1. Cos (37°) •	• **a.** 2,61
2. Sin (54°) •	• **b.** 0,80
3. Tan (44°) •	• **c.** 0,81
4. Tan (69°) •	• **d.** 0,97

3 **On considère le triangle ABC rectangle en A ci-contre. Répondez par vrai ou par faux aux propositions suivantes.**

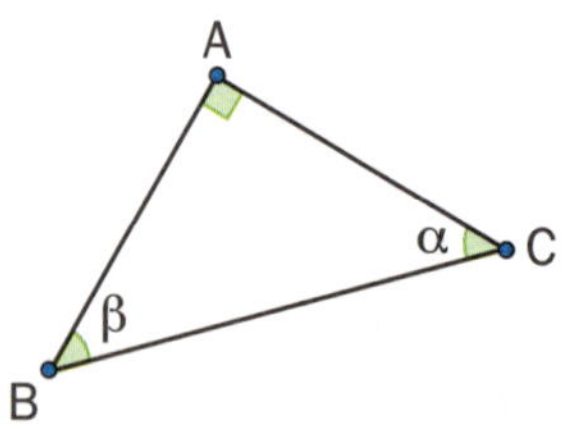

	Vrai	Faux
1. $0 < \cos(\alpha) < 1$ et $0 < \sin(\alpha) < 1$	☐	☐
2. α et β sont deux angles complémentaires.	☐	☐
3. $\cos(\alpha) = \dfrac{AC}{BC} = \sin(\beta)$ et $\cos(\beta) = \dfrac{AB}{BC} = \sin(\alpha)$	☐	☐
4. $\sin^2(\alpha) + \cos^2(\beta) = 1$	☐	☐
5. Comme $\cos(30°) = \dfrac{\sqrt{3}}{2}$, alors $\sin(30°) = \dfrac{1}{2}$	☐	☐

Rappel de cours

- Les formules suivantes ne sont valables que pour un triangle rectangle. Le moyen mnémotechnique SOH – CAH – TOA peut aider à se souvenir des formules qui permettent de calculer le sinus, le cosinus et la tangente d'un angle :

$$\text{Sin } \widehat{\text{angle}} = \frac{\text{Coté Opposé}}{\text{Hypoténuse}}$$

$$\text{Cos } \widehat{\text{angle}} = \frac{\text{Coté Adjacent}}{\text{Hypoténuse}}$$

$$\text{Tan } \widehat{\text{angle}} = \frac{\text{Coté Opposé}}{\text{Coté Adjacent}}$$

4 ***x* désigne un angle aigu. À l'aide de la calculatrice, reliez chaque équation à sa valeur arrondie au centième de degré de l'angle.**

1. $\text{Cos}(x) = 0{,}38$ •
2. $\text{Sin}(x) = 0{,}49$ •
3. $\text{Tan}(x) = 3{,}8$ •

• a. 75,26°
• b. 29,34°
• c. 67,67°

Rappel de cours

• Soit α et β les deux angles aigus d'un triangle rectangle. La relation suivante porte le nom de **relation fondamentale de la trigonométrie** : $\cos^2(\alpha) + \sin^2(\beta) = 1$.

5 **On considère le triangle ABC ci-dessous. Complétez les trous par les expressions suivantes :**

rectangle en A ; $= \dfrac{AC}{BC}$; formules de trigonométrie ; $= \dfrac{7}{\sin(40°)} \approx 10{,}9$ cm ; $= \dfrac{AC}{\sin(40°)}$

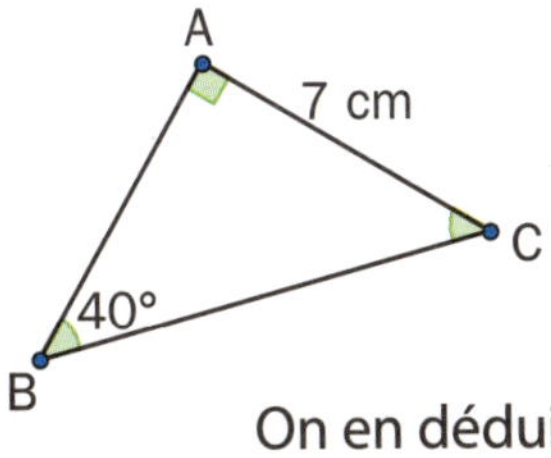

Le triangle ABC est ....

donc je peux y appliquer les ....

On a en particulier : sin (40°) = $\dfrac{\dots}{\dots}$.

On en déduit donc que : BC = $\dfrac{\dots}{\dots\dots\dots}$.

Application numérique : BC = $\dfrac{\dots\dots}{\dots\dots\dots}$ = ...

6 **Jeu de nombres**

Remplissez la grille de mots croisés !

1. Branche des mathématiques qui traite des relations entre distance et angle dans un triangle.
2. Nature du triangle dans lequel on peut utiliser les relations trigonométriques.
3. Rapport toujours constant entre le côté adjacent à un angle et l'hypoténuse du triangle.
4. Rapport entre le sinus et le cosinus d'un angle.
5. Rapport toujours constant entre le côté opposé à un angle et l'hypoténuse du triangle.
6. Nature des deux angles aigus d'un triangle rectangle.

Anglais

- La voix passive

An immigration crisis?

Every day, all over the world, people make one of the most difficult decisions of their lives: to leave home. Many of them wish to make it to Great Britain. How do British people react to migrants and refugees coming to their country?

Some say new arrivals are putting pressure on schools, hospitals and housing, costing British workers their jobs and making it impossible to build a cohesive society. When analysed, this perception is rather due to socio-economic deprivation than to actual migration.

The Office for Budget Responsibility says migrants are needed in the UK to cope with an ageing population, making the UK government spend more and more on age-related items such as pensions and healthcare.

There is relatively little evidence that migration has caused significant displacement of UK natives from the labour market so far.

As for refugees, the concerns are human rights and safety, not economic advantage.

Rappel de cours

- On emploie la voix passive :
  – pour **exprimer une action** dont l'auteur réel n'est pas l'information essentielle ;
  – pour **exprimer le *on*** français.
  Ex. : The 55th anniversary of Amnesty International is celebrated this year.

- On forme la voix passive à l'aide de **l'auxiliaire *be*** et du **participe passé** du verbe.
  – Au présent simple : Amnesty International is known for helping fight human rights abuses.
  – Au présent continu : Theories **are being** developed about the causes of the conflict.
  – Au *present perfect* : Key figures **have** just **been** released by CNN.
  – Au *past simple* : Last year, a famous documentary **was** produced on that issue by the BBC.
  – Au futur avec *will* : New actions **will be** launched by Amnesty International.

1 Learn and play

Saurez-vous relier les termes suivants (extraits du texte) à la bonne traduction ?

1. deprivation •
2. pensions •
3. evidence •

- • a. pensions de retraite
- • b. preuves
- • c. privation

2 Complétez les phrases suivantes à la voix passive.

1. Migrants .... (need/needn't/are needed) in the UK, say some economic and political analysts.

2. Refugees .... (must be forced/mustn't be forced/mustn't be force) to return to a country where they are at risk of human rights abuses, says Amnesty International.

3 Traduisez la phrase suivante en utilisant la voix passive.

Ils ont été forcés de quitter leur patrie.

....

SVT

- Système immunitaire
- Leucocytes
- Lymphocytes
- Antigènes
- Anticorps

Les défenses de l'organisme

1 **Retrouvez l'ordre chronologique de la phagocytose et donnez un titre à chaque étape.**

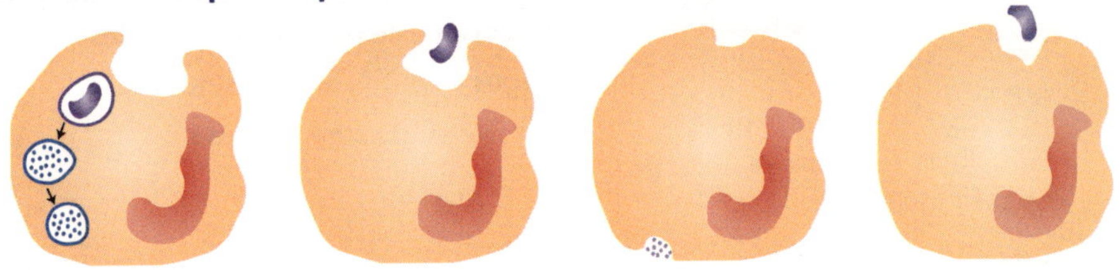

a.	b.	c.	d. ....

Ordre chronologique : ....

2 Baptiste et Léo ont mal à la gorge. Le médecin a prescrit une analyse de sang pour chacun. Les résultats montrent qu'un seul des deux garçons souffre d'une angine.

! Les globules rouges sont aussi appelés hématies.

Identifiez le garçon malade à l'aide du tableau suivant.

	Baptiste	Valeurs normales (/mm³)	Léo
Hématies	4,3	4 à 5 millions	4,4
Leucocytes	8 500	4 000 à 10 000	15 600
Phagocytes	5 500	2 000 à 7 000	13 600
Lymphocytes	3 000	1 500 à 3 000	2 000
Plaquettes	260 000	150 000 à 400 000	310 000
Votre diagnostic	....		....

Rappel de cours

- **Les globules blancs** (**leucocytes**) sont les cellules de notre **système immunitaire**.
- **La phagocytose** est la première réaction de défense. Locale et non spécifique, elle aboutit le plus souvent à la destruction de l'élément étranger par les **phagocytes**, qui appartiennent à la famille des globules blancs.
- Toute cellule possède des molécules appelées **antigènes** (Ag) qui déclenchent une réaction immunitaire.
- **Les lymphocytes B** produisent des **anticorps** (AC) qui se fixent de façon spécifique sur les Ag et neutralisent ainsi les bactéries.
- Un individu présentant un type d'AC dirigé contre un Ag est **séropositif** à cet Ag.
- **Les lymphocytes T** reconnaissent les Ag portés par les cellules infectées par un virus et les détruisent par contact.

3 Jeu de sciences

Dans les zones infectées non traitées, on trouve souvent du pus. Il contient des phagocytes et des bactéries. À vous de les identifier sur la photo prise au microscope en les reliant au bon mot !

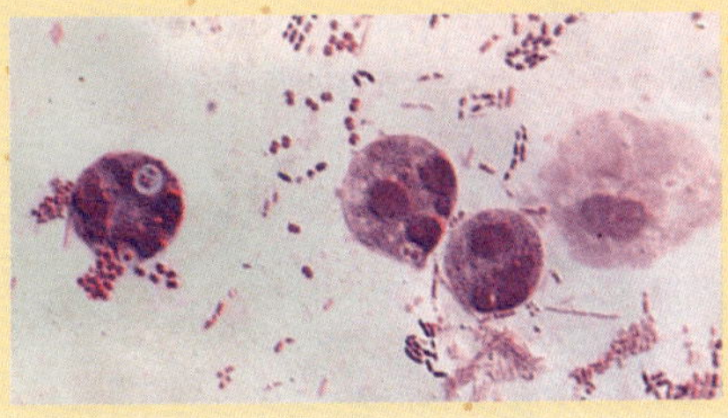

- Phagocyte
- Bactérie

Quiz-bilan
Séquence 7

Français

1 Cochez la phrase dans laquelle le verbe *arriver* n'est pas au subjonctif.

a. ☐ J'exige que tu arrives au plus vite.

b. ☐ Je sais que tu arrives demain.

c. ☐ Qu'il arrive au plus vite !

2 Dans quelle phrase l'emploi du subjonctif est-il exigé par l'emploi d'une conjonction de subordination ?

a. ☐ J'aimerais tant que tu chantes !

b. ☐ Je suis émerveillée à chaque fois que tu chantes.

c. ☐ Je l'ai fait venir pour qu'il chante.

3 Cochez la phrase qui ne contient pas d'éléments mis en relief.

a. ☐ Ce soir, à la nuit tombée, tes amis et toi irez danser.

b. ☐ Je danse dès que je suis seule chez moi.

c. ☐ Voilà une drôle de façon de danser !

Maths

4 Si un triangle est rectangle et isocèle, le cosinus de l'un de ses deux angles aigus vaut :

a. ☐ 0,7

b. ☐ $\frac{\sqrt{3}}{2}$

c. ☐ $\frac{\sqrt{2}}{2}$

5 Dans un triangle rectangle, si le cosinus de l'un des deux angles aigus vaut $\frac{\sqrt{3}}{2}$, alors le sinus de l'autre angle aigu vaudra :

a. ☐ 0,5 b. ☐ $\frac{\sqrt{3}}{2}$ c. ☐ $\frac{\sqrt{2}}{2}$

6 On considère trois points A, B et C appartenant à un cercle de centre O qui vérifient l'égalité $\widehat{BAC} = 45°$. Dans ce cas, on peut dire que :

a. ☐ le triangle OBC est équilatéral.

b. ☐ le triangle OBC est rectangle en B.

c. ☐ le triangle OBC est rectangle en O.

Anglais

7 La phrase suivante est-elle à la voix active ou à la voix passive ?

"To inform, to motivate, to act is Amnesty International's motto."

a. ☐ Voix active

b. ☐ Voix passive

8 La phrase suivante est-elle à la voix active ou à la voix passive ?

The issue has caused many debates.

a. ☐ Voix active

b. ☐ Voix passive

9 Parmi ces deux phrases à la voix passive, laquelle est entièrement juste ?

a. ☐ Fortunately, the victims have been rescued by a US naval mission.

b. ☐ Fortunately, the victims have rescued by a EU naval mission.

SVT

10 Les phagocytes :

a. ☐ sont des globules rouges.

b. ☐ sont des globules blancs.

c. ☐ sont des bactéries.

11 La réponse immunitaire :

a. ☐ fait intervenir différentes familles de leucocytes.

b. ☐ ne permet de détruire que les bactéries.

c. ☐ est toujours une réponse spécifique.

12 Les lymphocytes :

a. ☐ interviennent toujours de façon spécifique.

b. ☐ interviennent quand la phagocytose est inefficace.

c. ☐ produisent tous des anticorps.

Réponses : 1. b ; 2. c ; 3. b ; 4. c ; 5. b ; 6. c ; 7. a ; 8. a ; 9. a ; 10. b ; 11. a ; 12. a, b.

Résultats

.... /12

DOCU

Le nombre d'or

Présent dès l'Antiquité, dans les textes d'Euclide notamment, il faudra attendre le début du XXe siècle pour que l'on donne un nom à ce nombre pourtant si connu. C'est à la même période que Théodore Cook le désignera pour la première fois par la lettre grecque φ (≈ 1,618).

Le nombre d'or à la Renaissance

C'est à la Renaissance que notre connaissance du nombre d'or est approfondie par Luca Pacioli, un moine franciscain italien à cheval entre le XVe et le XVIe siècle, qui le surnomme la « divine proportion », considérant que sa perfection est égale à celle du dieu qu'il vénère.

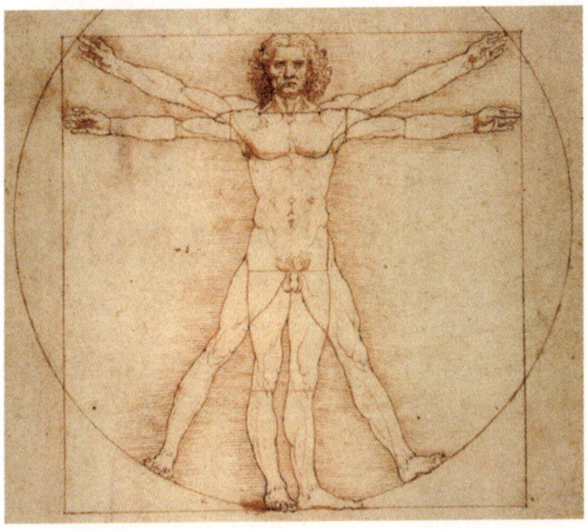

Définition

À l'origine, le nombre d'or est une proportion, définie comme étant le rapport $\frac{a}{b}$ entre deux longueurs a et b. La relation est la suivante :

$\frac{a+b}{a} = \frac{a}{b}$ (1)

En appelant $x = \frac{a}{b}$, l'équation (1) s'écrit alors $1 + \frac{1}{x} = x$.

Elle est équivalente à l'équation $x^2 = x + 1$.

La solution positive de cette équation est le nombre noté φ, appelé aussi nombre d'or !

Rayonnement dans l'art

On retrouve cette équation dans de nombreuses constructions. Parmi elles, on peut notamment citer le Parthénon, la grande pyramide de Khéops, ou encore le Taj Mahâl, tous rectangulaires, d'une largeur, d'une unité et d'une longueur de φ unité. On la retrouve également dans les œuvres de quelques peintres, dont les deux exemples les plus célèbres sont *La Naissance de Vénus* de Sandro Botticelli, et *L'Homme de Vitruve* de Léonard de Vinci.

minitest

1. Quel est l'arrondi au dixième du nombre d'or ?

2. Qu'incarne le nombre d'or ?

3. Qui a peint *La Naissance de Vénus* ?

Réponses : 1. 1,6 ; 2. La « divine proportion » ; 3. Botticelli.

Séquence 8

Français

- L'accord du participe passé
- La modalisation
- Le verbe pronominal

La rencontre

Antoinette… Quand je l'ai connue, elle avait seize ans. J'en avais dix-neuf. Nos familles étaient voisines. On se voyait presque chaque jour. Mais j'étais timide. Elle me faisait peur. Pourtant j'ai fini par l'aborder. Un dimanche matin alors que je sortais, je l'ai vue sur le trottoir. Elle était tout en blanc. Elle allait sans doute à la messe. Elle a laissé tomber un gant. Je me suis précipité pour le ramasser. C'était un gant de batiste très fine à jours, du linon blanc exactement. J'ai hésité un moment un peu par timidité, un peu aussi parce que j'avais la tentation de le garder en souvenir ce gant, cette petite main d'étoffe que je pouvais écraser dans ma main, enfoncer dans ma poche, la main d'Antoinette… Finalement j'ai couru après elle, et je lui ai rendu son gant. Ça y était, nous avions fait connaissance !

Michel Tournier, *Le Fétichiste* © Gallimard (1974)

Rappel de cours

- Employé avec **l'auxiliaire être**, le participe passé (PP) s'accorde avec le sujet.
- Employé avec **l'auxiliaire avoir**, il ne s'accorde pas avec le sujet mais avec le complément d'objet direct (COD) s'il est placé **avant le verbe** (ex. : Il a porté sa valise / La valise qu'il a port**ée**).
- **Le PP** du verbe pronominal s'accorde avec **le pronom réfléchi** seulement s'il est **COD** (ex. : Elles se (COD) sont vu**es** / ils se (COI) sont plu). Si le pronom réfléchi n'est pas COD, le PP s'accorde avec le **COD placé avant** (ex. : Ils se (COI) sont lavé les mains (COD) / Les mains (COD) qu'ils se sont lav**ées**).

1 **Barrez, dans le résumé suivant, les phrases ou parties de phrases fausses.**

Le narrateur connaît Antoinette depuis peu de temps. Ils se sont rencontrés quand ils avaient moins de vingt ans l'un et l'autre. Ils habitaient dans le même quartier et se sont parlé pour la première fois à l'église : Antoinette avait fait tomber son gant, le narrateur l'a ramassé et l'a mis dans sa poche. Antoinette lui a couru après pour le rattraper.

2 **Barrez, dans la liste, les verbes qui ne sont pas essentiellement pronominaux (que l'on peut retrouver à la forme non pronominale).**

s'absenter – se laver – se repentir – se croire – s'empresser – se blottir – se plaire – se désister – se lever – se rebeller

3 **Observez l'accord des participes passés du texte.**

1. Soulignez en bleu les participes passés qui ne s'accordent pas.

2. Soulignez en rouge les participes passés qui s'accordent et entourez le mot qui justifie l'accord.

3. Quelle est la fonction commune des mots entourés ?

4 Indiquez si les énoncés suivants sont neutres (N) ou subjectifs (S). Soulignez ce qui les rend subjectifs.

1. Les vacanciers sont nombreux à aller à la mer. (......)
2. Ibrahim a bien regretté de ne pas pouvoir venir. (......)
3. Il est sûrement trop tard. (......)
4. Nous partirons dimanche à sept heures du matin. (......)
5. Pour moi, cette robe est la plus jolie du magasin. (......)
6. Les écoliers débutent les vacances d'été en juillet. (......)

5 Les trois phrases suivantes sont subjectives. Soulignez les modalisateurs et indiquez leur nature. Attention : il peut y avoir plusieurs modalisateurs dans une même phrase !

1. Ce film est génial, je l'ai adoré !

....

2. Heureusement, sa fille est absolument charmante.

....

3. Je pense que notre formidable équipe de France va gagner la prochaine Coupe du monde !

....

6 Surlignez dans le texte toutes les marques de modalisation qui permettent d'indiquer les sentiments, les incertitudes et les doutes du narrateur.

7 Jeu de mots

Cette phrase est l'anagramme du titre d'un roman célèbre (deux mots), paru en 1862.

Saurez-vous le trouver ?

Il les embrasse.

....

Rappel de cours

- Le PP du verbe pronominal s'accorde avec le **sujet** lorsque le verbe est de **sens passif** ou **essentiellement pronominal**. Ex. : La chose s'est faite (= a été faite), elle s'est enfuie (s'enfuir).
- Un énonciateur peut rester **neutre.** Il peut aussi être **subjectif** et prendre position en exprimant son degré de certitude ou un sentiment personnel positif ou négatif. Les mots qu'il emploie alors sont appelés les **modalisateurs.** On appelle donc **modalisation** la manière d'exprimer clairement son avis ou ses sentiments. Ex. : Il viendra demain (neutre). Il viendra peut-être (subjectif).

! L'anagramme est un mot ou un groupe de mots que l'on obtient en permutant les lettres d'un ou de plusieurs autres mots.

Maths

- Le théorème de Thalès
- La réciproque du théorème de Thalès
- Les agrandissements et les réductions

Rappel de cours

- **Le théorème de Thalès :**
Soient (d) et (d') deux droites sécantes en A.
Soient B et M deux points de (d), distincts de A.
Soient C et N deux points de (d'), distincts de A.
Si les droites (BC) et (MN) sont parallèles, **alors :**
$\frac{AM}{AB} = \frac{AN}{AC} = \frac{MN}{BC}$

Thalès de Milet

1 Complétez le texte. L'unité est le cm. Attention, les figures ne sont pas en grandeur réelle !

1. Les droites (MB) et (.....) sont sécantes en ....

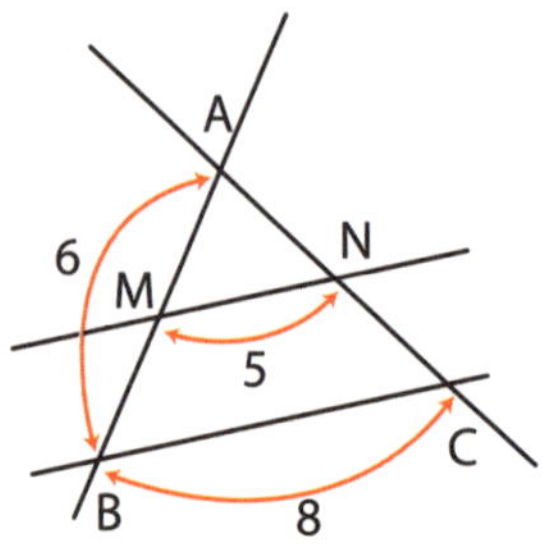

Les droites (.....) et (BC) sont ....
D'après le théorème de Thalès, on a l'égalité des rapports : $\frac{AM}{\ldots\ldots} = \frac{\ldots\ldots}{AC} = \frac{MN}{BC}$

On en déduit que : AM = ... cm.

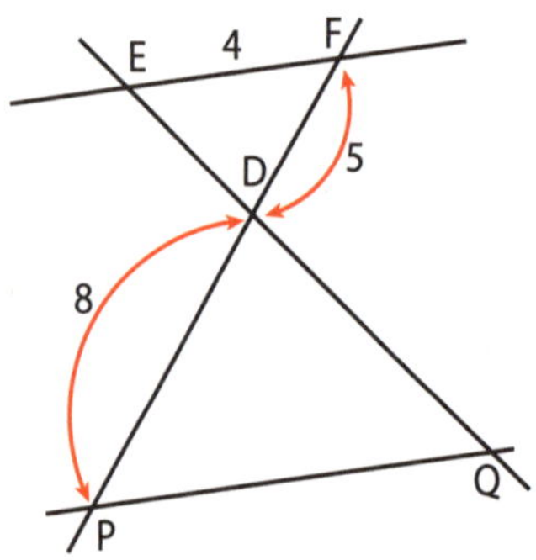

2. Les droites (.....) et (.....) sont sécantes en .....

Les droites (.....) et (.....) sont ....
D'après le théorème de Thalès,
on a l'égalité des rapports :

$\frac{\ldots\ldots}{\ldots\ldots} = \frac{\ldots\ldots}{\ldots\ldots} = \frac{\ldots\ldots}{\ldots\ldots}$

On en déduit que : PQ = ... cm.

2 Observez attentivement la figure suivante et répondez par vrai ou faux. Les longueurs sont exprimées dans une même unité.

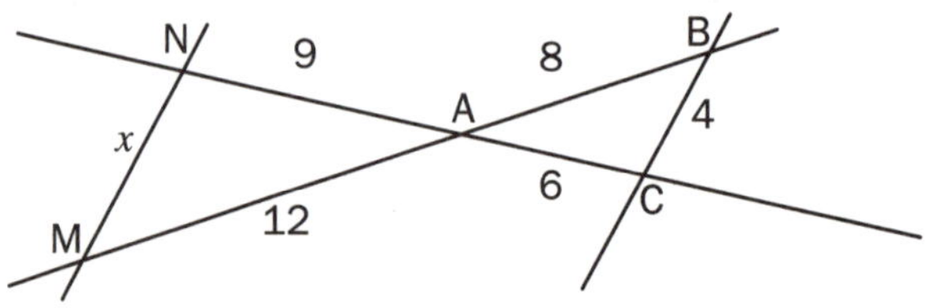

	Vrai	Faux
1. Les points B, A, M et les points C, N, A sont alignés dans le même ordre.	☐	☐
2. Les rapports $\frac{AN}{AC}$ et $\frac{AM}{AB}$ sont égaux.	☐	☐
3. On peut utiliser le théorème de Thalès pour démontrer que les droites (MN) et (BC) sont sécantes.	☐	☐
4. On ne peut pas calculer la valeur de x.	☐	☐
5. On peut affirmer que $x = 6$.	☐	☐

3 **Les droites (BC) et (MN) sont-elles parallèles ? Répondez aux propositions ci-dessous à l'aide du tableau et de la figure. Les longueurs sont exprimées dans une même unité.**

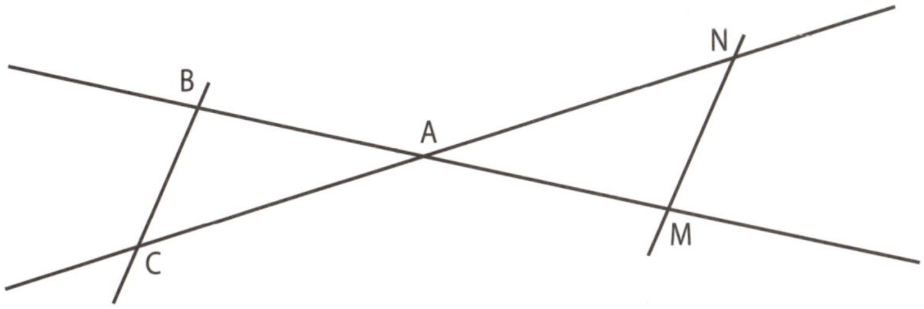

	AB	AC	AN	AM
Configuration 1	3	4	6	8
Configuration 2	4	5	10	8
Configuration 3	6	8	12	9

1. Configuration 1 : a. ☐ parallèles b. ☐ sécantes
2. Configuration 2 : a. ☐ parallèles b. ☐ sécantes
3. Configuration 3 : a. ☐ parallèles b. ☐ sécantes

Rappel de cours

- **La réciproque du théorème de Thalès :**
Soient (d) et (d') deux droites sécantes en A.
Soient B et M deux points de (d), distincts de A.
Soient C et N deux points de (d'), distincts de A.
Si $\frac{AM}{AB} = \frac{AN}{AC}$ et si les points A, M et B d'une part et A, N et C d'autre part sont alignés dans le même ordre, alors les droites (BC) et (MN) sont parallèles.

- Un **agrandissement** ou une **réduction** conservent les angles et le parallélisme.

- Quand on agrandit ou réduit une figure d'un rapport k, alors les longueurs sont multipliées par k, les aires par k^2 et les volumes par k^3.

4 Jeu de nombres

1. Le cinquième … d'Euclide dit que par un point extérieur à une droite, il ne passe qu'une parallèle à cette droite.

2. Désigne une proposition qui peut être démontrée mathématiquement.

3. Désigne une vérité évidente et non démontrable que l'on doit admettre.

4. Mathématicien qui a donné son nom au plus célèbre théorème de géométrie de la classe de 4e.

5. On trouve déjà une mention du nombre d'or dans les textes de ce célèbre savant et mathématicien grec de l'Antiquité.

6. Mathématicien qui a donné son nom au plus célèbre théorème de géométrie de la classe de 3e.

Anglais

- **Les articles *the*, *a/an*, Ø**

Rappel de cours

- On emploie l'article ***the*** devant un élément clairement identifié par le contexte, parce que c'est un élément unique ou parce qu'on en a déjà parlé (ex. : The hero in this TV series is a policeman named Foyle), les groupes nominaux géographiques (ex. : In 1940, the United Kingdom was at war), les titres et les fonctions non suivis d'un nom propre (ex. : The head is a woman).

- On emploie l'article ***a/an*** devant un nom dénombrable et singulier (ex. : Hilda Pierce plays a very complex character) ou un nom de métier (ex. : She is an Intelligence officer).

- On n'emploie pas d'article (**Ø**) devant les noms pluriels (ex. : There are Ø spies in each episode), les noms indénombrables (ex. : Ø Sugar was scarce during the war), les noms propres géographiques (ex. : Ø England voted Labour), les titres et fonctions suivis d'un nom propre (ex. : Ø Intelligence officer Hilda Pierce is a ruthless character), et pour exprimer une notion ou une généralité (ex. : Ø Loyalty is a precious quality).

Foyle's War

"My name is Foyle. I'm a police officer."

Detective Chief Superintendent Christopher Foyle has certainly joined the ranks of British television's iconic detectives, alongside Hercule Poirot, Sherlock Holmes, and Inspector Morse.

Creator Anthony Horowitz based the elements of his plot on true events and real people. While maintaining his fidelity to history, he produced stories that still resonate with the issues of the present day. Making the brave choice is still a hard path in today's society.

With strong plotting and complex mysteries, the show was such a hit right from the first season that, after a pause, the series started again with another field of murder and intrigue in post-war London with Foyle becoming an MI-5 agent at the dawn of the Cold War.

1 Complétez les phrases suivantes à l'aide du bon article *a/an*, *the*, Ø.

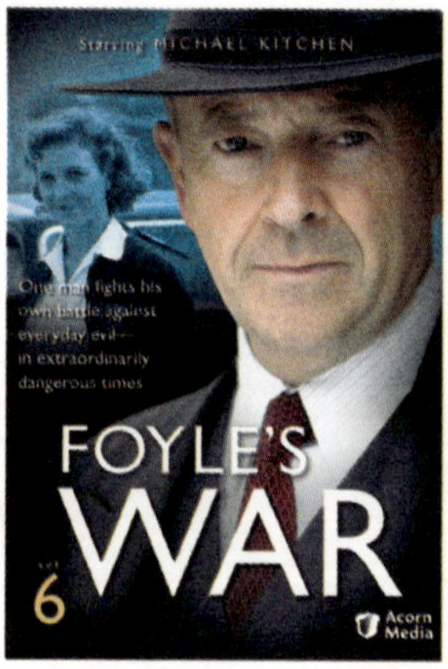

1. Detective Chief Superintendent Foyle consistently introduces himself with .... phrase: "My name is Foyle. I'm a police officer."

2. There is .... episode where he reproaches .... Sergeant Milner for disloyalty.

2 Observez les phrases suivantes. Quelle raison motive le choix des articles ? Cochez la bonne réponse.

1. Foyle's concern for his son's safety as **a** fighter pilot in the RAF is an ongoing theme.

a. ☐ Il précède un nom de métier. **b.** ☐ Il n'y a qu'un pilote.

2. He often expresses **Ø** compassion.

a. ☐ Il indique une notion. **b.** ☐ Il s'agit d'une situation particulière.

3 La phrase suivante est-elle entièrement juste ? Justifiez votre réponse.

He is portrayed as very open-minded man for his time.

....

Physique-Chimie

- Le poids
- L'énergie cinétique

Poids • Énergie cinétique

1 Calculez le poids arrondi à 0,1 N d'un paquet de café de 250 g (on prendra $g = 10$ N/kg).

....

....

2 Qui a le poids le plus élevé : un kilogramme de plumes sur Terre ou un kilogramme de plomb sur la Lune ?

! Sur la Lune, *g* est environ 6 fois plus petit !

....

....

3 Calculez l'énergie cinétique d'une voiture dont la masse est 750 kg lorsqu'elle roule à 60 km/h.

....

....

4 Répondez aux questions suivantes.

1. Quelle distance, en m, un véhicule parcourt-il en une seconde lorsqu'il roule à 50 km/h ?

....

2. Quelle est sa distance d'arrêt si sa distance de freinage est de 40 m ?

....

Rappel de cours

- Le **poids** est la force en Newton qu'exerce la Terre sur une masse. C'est une force verticale qui se calcule en multipliant la valeur de la masse par une constante notée *g*. À Paris, au niveau du sol, $g = 9{,}81$ N/kg.
- Un objet soumis à deux actions est **en équilibre** si : les deux actions ont la même droite d'action, les sens sont opposés et les deux actions ont la même valeur.
- Un objet en déplacement possède une énergie de mouvement appelée **énergie cinétique** (*E*), qui s'exprime en Joule. La relation qui permet de la calculer est $E = \frac{1}{2}mv^2$ où *m* est la masse de l'objet en kg et *v* sa vitesse en m/s.
- La **distance d'arrêt** d'un véhicule est égale à la distance parcourue pendant le temps de réaction (1 seconde) plus la distance de freinage.

5 Expérience

Quelques billes et de la pâte à modeler vont permettre de mettre en évidence **l'énergie cinétique**. Pour cela, il suffit de faire tomber de la même hauteur des billes de masse différente. L'empreinte laissée dans la pâte à modeler sera d'autant plus importante que la bille possède d'énergie cinétique.

Vous pouvez faire la même expérience avec une seule bille que vous ferez tomber de différentes hauteurs.

Quiz-bilan
Séquence 8

Français

1 **Parmi les phrases suivantes, une seule est correctement orthographiée. Laquelle ?**

a. ☐ Elle s'est permise de téléphoner.

b. ☐ Elle s'ait permis de téléphoner.

c. ☐ Elle s'est permis de téléphoner.

2 **Parmi les phrases suivantes, une seule est correctement orthographiée. Laquelle ?**

a. ☐ J'admire les coquillages qu'elle a ramassée.

b. ☐ J'admire les coquillages qu'elle a ramassé.

c. ☐ J'admire les coquillages qu'elle a ramassés.

3 **Cochez, parmi les réponses suivantes, l'énoncé neutre.**

a. ☐ Je suis allé au cinéma du centre-ville, il y avait trois spectateurs.

b. ☐ Les cinémas du centre-ville sont toujours vides car trop peu accessibles.

c. ☐ Je pense que ce cinéma du centre-ville va bientôt fermer.

Maths

4 **Si l'on multiplie toutes les longueurs d'un solide par 1,5 alors son volume sera multiplié par :**

a. ☐ 3   b. ☐ 6   c. ☐ 3,375

5 **Soit ABC un triangle tel que AB = 5 cm, AC = 6 cm et BC = 7 cm. Soit M un point du segment [AB] tel que AM = 3 cm et N un point du segment [AC] tel que AN = 4 cm. Dans ces conditions, on peut affirmer que :**

a. ☐ les droites (MN) et (BC) sont sécantes.

b. ☐ les droites (MN) et (BC) sont parallèles.

c. ☐ on ne sait pas.

6 **Une seule affirmation est fausse. Laquelle ?**

a. ☐ Le théorème de Thalès sert à déterminer une longueur dans une certaine configuration.

b. ☐ Le théorème de Thalès peut permettre de démontrer que deux droites ne sont pas parallèles.

c. ☐ Le théorème de Thalès peut permettre de démontrer que deux droites sont parallèles.

Anglais

7 **Avec quel article faut-il compléter la phrase suivante ?**

She's …. Intelligence officer.

a. ☐ a   b. ☐ an   c. ☐ the

8 **Avec quel article faut-il compléter la phrase suivante ?**

It's just …. way it is!

a. ☐ a   b. ☐ an   c. ☐ the

9 **Les articles utilisés dans la phrase suivante sont-ils justes ?**

∅ Detective Chief Superintendent Christopher Foyle has certainly become an iconic detective.

a. ☐ Oui   b. ☐ Non

Physique-Chimie

10 **L'énergie cinétique est :**

a. ☐ proportionnelle à la masse du mobile.

b. ☐ proportionnelle à la masse du mobile au carré.

c. ☐ égale à la racine carrée de la vitesse multipliée par la masse.

11 **Un solide soumis à deux actions est en équilibre si :**

a. ☐ elles sont égales, opposées et ont la même droite d'action.

b. ☐ elles sont égales.

c. ☐ elles sont opposées.

12 **Si la vitesse d'un véhicule est multipliée par 2, sa distance de freinage est :**

a. ☐ 2 fois plus grande.

b. ☐ 3 fois plus grande.

c. ☐ 4 fois plus grande.

Réponses : 1.c ; 2.c ; 3.a ; 4.c ; 5.a ; 6.c ; 7.b ; 8.c ; 9.a ; 10.a ; 11.a ; 12.c.

Résultats

…… /12

DOCU

L'Art nouveau

Le mouvement *Art nouveau* dura une vingtaine d'années et s'épanouit simultanément dans plusieurs pays d'Europe ainsi qu'aux États-Unis. Du fait de l'une de ses principales caractéristiques, la ligne courbe, on lui donna assez vite les surnoms de « style coup de fouet » et « style nouille ».

Les inspirations

En privilégiant les ondulations et l'asymétrie, les artistes s'inspiraient essentiellement de végétaux, et particulièrement du nénuphar. Ils prirent aussi pour modèles les insectes, les coquillages et les poissons. Ce dernier choix fut d'abord une prise de position esthétique, mais également un manifeste en faveur des idées scientifiques de l'époque : le célèbre naturaliste anglais Charles Darwin affirmait en effet dans les mêmes années que la vie humaine avait commencé dans les profondeurs des océans.

Les techniques

L'un des principes des artistes de ce mouvement était d'associer le beau avec l'utile afin de le mettre à la portée de tous. C'est pourquoi ils optèrent pour toutes les techniques et tous les supports possibles : peinture, sculpture, verrerie, céramique, marqueterie, émail, tapisserie, orfèvrerie, reliure, imprimerie, etc. Selon eux, l'art faisait partie de la vie quotidienne et devait trouver sa place partout.

Des œuvres qui perdurent

Hector Guimard, un architecte français, est à l'origine des célèbres bouches de métro parisiennes datant de 1900, si caractéristiques de ce mouvement artistique. On peut également citer, parmi les artistes les plus connu(e)s du mouvement, Henry Van de Velde, Alfons Mucha, Antoni Gaudí, Élisabeth Sonrel ou encore Henri de Toulouse-Lautrec.

minitest

1. Pourquoi l'Art nouveau a-t-il été surnommé « style nouille » ?

2. De quelle fleur les artistes de l'Art nouveau s'inspiraient-ils principalement ?

3. Quelle idée scientifique illustraient-ils en choisissant le poisson comme modèle ?

Réponses : 1. À cause de ses lignes courbes ; **2.** Le nénuphar ; **3.** La théorie de l'évolution.

Français

- Les formes en *-ant*
- L'attribut du sujet et du COD
- Exprimer et faire partager son avis

La vipère bleue

Cela faisait longtemps que les touristes ne s'arrêtaient plus devant Brahim et ses serpents. Fatigués, trop âgés, sans conviction, les serpents ne répondaient plus à la musique de leur maître-charmeur. […] Une seule solution pour rendre de nouveau le spectacle attrayant : changer d'animaux plutôt que d'instrument. Brahim […] acheta une vipère brillante, jeune et vive. […] Il la caressa, la taquina, puis lui joua un morceau de sa composition. Très douée, elle dansait de manière exceptionnelle, se tortillant à souhait, suivant le rythme avec précision, sortant la langue pour ponctuer la séquence. Brahim reprit confiance en lui-même. Les serpents étaient séduits par la belle vipère bleue.

Tahar Ben Jelloun, *Le premier amour est toujours le dernier* © Seuil (1995)

Rappel de cours

- Le **participe présent** est une **forme verbale invariable** (ex. : Venant de loin, ils sont arrivés tard).
- L'**adjectif verbal** est un ancien participe présent devenu adjectif variable (ex. : Des idées énervantes).
- Leur **orthographe** peut être différente :
  - convainquant (part.) → convaincant (adj.)
  - naviguant (part.) → navigant (adj.)
  - différant (part.) → différent (adj.)

1 Répondez aux questions en citant le texte.

1. Quel est le métier de Brahim ? ....
2. Pourquoi son spectacle n'est-il plus attrayant ? ....
3. Pourquoi les serpents ne réagissent-ils plus à la musique ? ....
4. Que fait alors Brahim ? ....

2 Indiquez la nature des mots soulignés dans le texte en les reliant à la bonne réponse.

1. Attrayant •
2. Brillante •
3. Se tortillant •
4. Suivant •
5. Sortant •

• a. Participe présent

• b. Adjectif verbal

3 Indiquez si les phrases suivantes sont convaincantes (C) ou persuasives (P). Soulignez ce qui justifie votre réponse.

Mes petits, il faut me faire plaisir et m'aider (....). Si vous ne dansez plus, nous ne gagnerons plus d'argent (....). Certes, vous êtes fatigués car vous êtes âgés (....). Cependant, la misère et le désespoir nous menacent (....). Faites un effort, soyez courageux (....).

4 Entourez la forme qui convient.

1. Les garçons *précédant/précédants* le groupe l'attendront ici.

2. Ces dernières semaines ont été *fatigantes/fatiguantes*.

3. Ici, l'air est *suffocant/suffoquant*.

4. Ses objectifs *différents/différant* des miens, nous ne sommes pas d'accord.

5. D'habitude *excellant/excellent*, il n'a vraiment pas été *convaincant/convainquant*.

6. Cette femme est *influante/influente*, elle pourra l'aider dans sa démarche.

5 Soulignez l'adjectif, encadrez le mot avec lequel il s'accorde et indiquez sa fonction : épithète (E), attribut du sujet (AS) ou attribut du COD (AC).

1. Laisse donc tes amis tranquilles (.....). **2.** Paul et Thibaud ne sont jamais silencieux (.....). **3.** Nino juge ces propos vraiment excessifs (.....). **4.** Romain a toujours l'air content (.....). **5.** Adèle est en grande forme (.....). **6.** Tu l'as rendu plus confiant (.....).

6 Complétez les phrases avec les attributs correctement accordés. Soulignez le nom avec lequel chaque attribut s'accorde.

1. Ces fillettes me paraissent (*heureux*) ....

2. Mes amies sont parties hier (*ravi*) ....

3. L'animateur tient les adolescents pour (*responsable*) .... du chahut.

4. Ce film a rendu mes cousins très (*enthousiaste*) ....

5. Le magistrat juge les preuves (*accablant*) ....

7 Jeu de mots

Quel est le seul mot français de quatre lettres uniquement composé de voyelles (sans le y) ?

____ ____ ____ ____

Rappel de cours

- **Argumenter,** c'est défendre une opinion en employant divers arguments afin de **convaincre** l'énonciataire en faisant appel à la logique et à sa raison, ou bien de le **persuader** en s'appuyant sur ses sentiments et ses émotions.

- **L'attribut du sujet** attribue une **qualité** ou une **propriété** au **sujet** avec lequel il s'accorde lorsqu'il est adjectif, GN, pronom ou participe passé. Il est introduit par un **verbe attributif** et **ne peut être supprimé** (ex. : **Elle** paraît fatiguée ; **Nous** sommes les cousins de Léa).

- **L'attribut du complément d'objet direct (COD)** attribue une **qualité** ou une **propriété** au **COD** avec lequel il s'accorde. Il est introduit par un **verbe transitif** comme *trouver, considérer, appeler, élire*, etc. (ex. : Les élèves ont élu **Léa** déléguée).

Maths

- La notion de fonction
- Antécédent et image
- La représentation graphique d'une fonction
- Les fonctions linéaires et affines

Rappel de cours

- On considère la fonction f : $A \rightarrow B$
$x \mapsto f(x)$
Soit x, un élément de A.
On appelle **l'image de x** par la fonction f, l'unique élément de B que l'on note $f(x)$ qui représente le nombre qui est associé à x.
Soit y, un élément de B.
S'il existe un élément x appartenant à A tel que $y = f(x)$, alors cet élément sera appelé un **antécédent** de y par la fonction f.

- On appelle **courbe représentative** de la fonction f l'ensemble de tous les points de coordonnées $(x ; f(x))$ où x désigne un élément quelconque de l'ensemble A. On notera C_f cette courbe représentative.

Leibniz

1 Jusqu'au XVIIIe siècle, la notion de fonction n'était qu'un vague concept. Il faudra attendre le mathématicien allemand Leibniz pour que le terme soit introduit, notamment pour exprimer des grandeurs géométriques dépendant elles-mêmes d'autres grandeurs géométriques.

Soit la fonction $f : x \mapsto 2x^2 + 3x + 1$.

Comme Leibniz, associez chaque nombre à son image par la fonction f.

1. 0 •	• a. 3
2. 2 •	• b. 6
3. – 2 •	• c. 15
4. 1 •	• d. 1

2 **Soit la fonction $g : x \mapsto \dfrac{2}{3x - 1}$.**

Associez chaque nombre à son antécédent par la fonction g.

1. 1 •	• a. $\frac{2}{5}$
2. 2 •	• b. $\frac{1}{4}$
3. 3 •	• c. $-\frac{1}{2}$
4. – 1 •	• d. 1

3 **Les graphiques ci-dessous sont-ils ou ne sont-ils pas la représentation graphique d'une fonction ?**

1. ☐ Oui ☐ Non

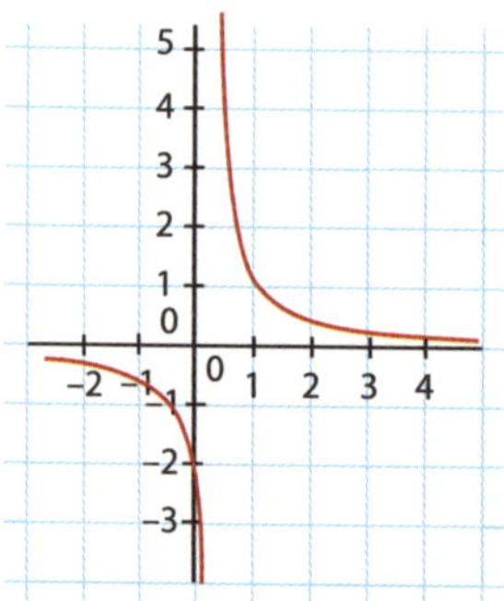

2. ☐ Oui ☐ Non

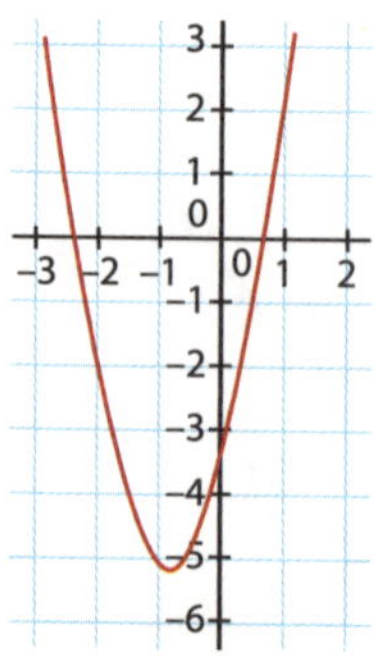

3. ☐ Oui ☐ Non

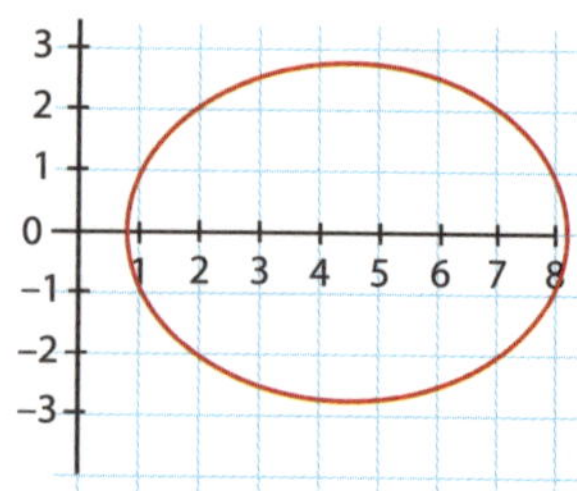

4 Complétez le texte suivant.

La représentation graphique est une .... qui passe

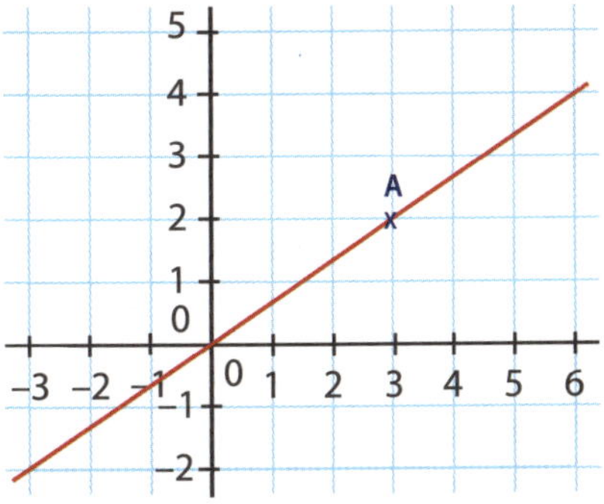

par .... du repère et qui n'est pas l'axe des ordonnées.

C'est donc la représentation graphique d'une ....

Cette droite passe par le point O (0 ; 0) et par exemple par le point A (3 ; ....).

La fonction *f* ainsi représentée s'écrit donc :

$f : x \mapsto$ ....

5 Complétez les tableaux suivants.

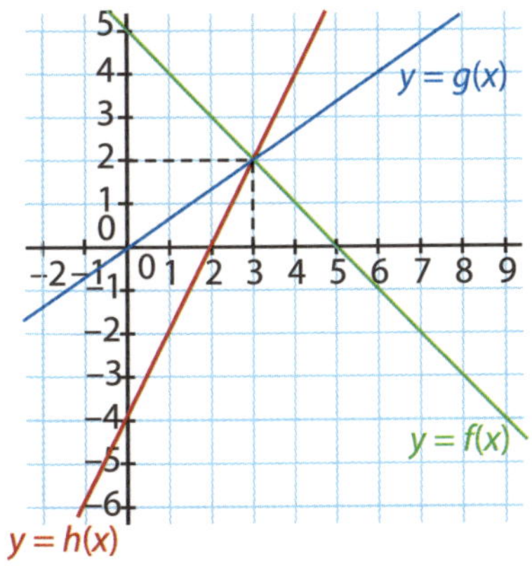

1. À l'aide du graphique, complétez le tableau suivant :

$f(6) =$ ...	$g(\ldots) = 4$	$h(0) =$ ...
$f(\ldots) = 0$	$g(3) =$ ...	$h(\ldots) = -2$

2. Déduisez-en l'expression algébrique des fonctions *f*, *g* et *h*.

$f(x) =$	$g(x) =$	$h(x) =$ ......

Rappel de cours

- Soit *a* un nombre donné. On appelle **fonction linéaire** l'application définie pour tout nombre *x* par la relation $f(x) = ax$.
Pour toute application linéaire $f(x) = ax$, on a : $f(0) = 0$ et $f(1) = a$.
La représentation graphique de la fonction *f* est la droite qui passe par l'origine du repère et par le point de coordonnées (1 ; *a*).

- Soient *a* et *b* deux nombres donnés. On appelle **fonction affine** l'application définie pour tout nombre *x* par la relation $f(x) = ax + b$.
Pour toute application affine $f(x) = ax + b$ on a $f(0) = b$.
La représentation graphique de la fonction *f* est une droite qui passe par le point de coordonnées (0 ; *b*) et, par exemple, par le point de coordonnées (1 ; *a* + *b*).

6 Jeu de nombres

1. On considère une fonction *f*. On a $f(3) = 4$. Désigne le nom de 3.

2. Désigne toute fonction du type $f(x) = ax$ où *a* désigne un nombre donné.

3. Désigne toute fonction du type : $f(x) = ax + b$ où *a* et *b* désignent des nombres donnés.

4. Elle peut être linéaire ou affine.

5. On considère une fonction *f*. On a $f(3) = 4$. Désigne le nom de 4.

6. Nom de la représentation graphique d'une fonction linéaire ou affine.

Anglais

- L'infinitif
- Le gérondif

Obama's speech

On June 26th, 2015, Barack Obama – US President from 2009 to 2017 – addressed several of the most contentious debates that had erupted since the shooting of nine African Americans in a Methodist Episcopal church in Charleston, South Carolina, by a white supremacist. Let's recap his speech:

– This crime was "an act that (the shooter) presumed would deepen divisions that trace back to our nation's original sin".

– This shooting was not a random act, "but a means of control, a way to terrorise and oppress".

– The Confederate flag, an old secessionist symbol across much of the southern States like South Carolina is a "reminder of systemic oppression and racial subjugation".

! *subjugation*: asservissement
sin: péché

Rappel de cours

- **La base verbale** (BV) est utilisée avec **les auxiliaires modaux** (ex. : It would simply be an error) et avec ***let*** (ex. : Let me explain).
- **L'infinitif (*to* + BV)** est utilisé avec les structures impliquant ***want, expect, would like,*** etc. (ex. : Nobody can expect the US to succeed).
- **Le gérondif** se forme à partir de la base verbale, à laquelle on ajoute ***-ing***. Il est notamment utilisé pour les verbes d'appréciation ou la structure impliquant ***can't help, stand,*** etc.

1 Learn and play

Partez à la recherche, dans le texte ci-dessus, des équivalents anglais des mots suivants !

1. Litigieux, contentieux : ....
2. Le drapeau confédéré : ....
3. La fusillade : ....

2 Complétez les phrases suivantes à l'aide de *to* quand c'est nécessaire.

1. He is determined ...... try ...... change things.
2. Obama has never wanted his presidency ...... be defined by his skin colour.
3. Let me tell ...... you that going back to business as usual, as we so often do, isn't an option.
4. We know that whatever solutions we find will ...... be incomplete.

3 Deux des phrases suivantes sont correctes. Lesquelles ?

1. ☐ I can't stand to read this.
2. ☐ I can't stand reading this.
3. ☐ I would like to thank you for being here today.
4. ☐ I would like thanking you for being here today.

SVT

- Les globules rouges
- Le plasma
- Le système ABO

Les groupes sanguins

Rappel de cours

- **Les groupes sanguins** sont définis par la présence d'antigènes à la surface des globules rouges. **Dans le système ABO**, il existe quatre groupes : **A, B, AB** et **O**. Ils sont commandés par un gène pour lequel il existe trois **allèles** : l'allèle A commande la production de l'antigène A, l'allèle B celle de l'antigène B et l'allèle O ne commande la production d'aucun antigène.
- **Le plasma** de chaque individu contient des anticorps dirigés contre les antigènes qui ne sont pas présents sur ses globules rouges.
- **Le don du sang** est un acte volontaire qui peut sauver des vies.

1 Jeu de sciences

Retrouvez le rôle de chaque composant du sang.

Les globules rouges
…………………………
…………………………

Les plaquettes
…………………………
…………………………

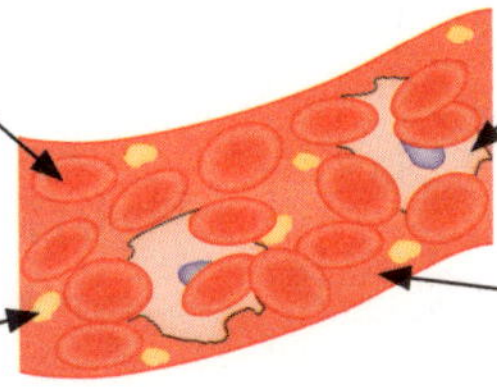

Les globules blancs
…………………………
…………………………

Le plasma
…………………………
…………………………

2 Les groupes sanguins, c'est quoi ? Déterminez les anticorps présents dans le plasma de chaque groupe.

	Groupes sanguins			
	A	B	AB	O
Globules rouges	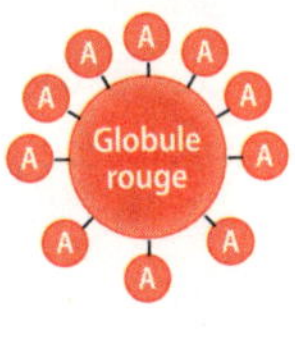			
Plasma	Anticorps anti-B	………………	………………	………………

3 Les groupes sanguins de Fred et Sophie vont être vérifiés à partir d'une goutte de sang qui sera mise en présence de divers anticorps (AC).

Utilisez les résultats des tests pour identifier le groupe sanguin de chacun.

! Une réaction entre antigène et anticorps se traduit par une agglutination observable à la présence de petits grains.

+ AC anti-A

+ AC anti-B

Groupe sanguin de Fred : ……………………………

+ AC anti-A

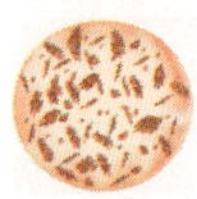

+ AC anti-B

Groupe sanguin de Sophie : ……………………………

Quiz-bilan
Séquence 9

Français

1 Parmi les phrases suivantes, une seule est correctement orthographiée. Laquelle ?

a. ☐ Elle dit des choses extravagantes.

b. ☐ Elle dit des choses extravaguantes.

c. ☐ Elle dit des choses extravageantes.

2 Cochez la phrase qui contient un attribut du COD.

a. ☐ Le sport a permis à Blanche de s'épanouir.

b. ☐ Le sport a rendu Blanche beaucoup plus épanouie.

c. ☐ Blanche est épanouie grâce à sa pratique du sport.

3 Cochez la phrase dont les quatre adjectifs sont correctement orthographiés.

a. ☐ Énergiques, rapides, courageuses, son frère et elle sont très méritants.

b. ☐ Énergique, rapide, courageux, son frère et elle sont très méritant.

c. ☐ Énergiques, rapides, courageux, son frère et elle sont très méritants.

Maths

4 Parmi les fonctions suivantes, une seule n'est pas une fonction affine. Laquelle ?

a. ☐ $f(x) = 3x$

b. ☐ $g(x) = (2x - 3)^2 - 2(2x + 3)$

c. ☐ $h(x) = 1 + 2x + x^2$

5 On considère la fonction $f(x) = 3x^2 + 2x + 3$. L'image de -2 par f est :

a. ☐ 11 b. ☐ – 13 c. ☐ 13

6 Trouvez la fonction affine parmi les fonctions suivantes.

a. ☐ $f(x) = 2x(2x + 1)$

b. ☐ $g(x) = 0{,}5x + 8$

c. ☐ $h(x) = 3x^2 + 1$

Anglais

7 La structure de la phrase suivante implique-t-elle un gérondif ou un infinitif ?

*Barack Obama clearly stated that nobody could expect the US **to succeed/succeeding** in transforming race relations overnight.*

a. ☐ Un infinitif (*to succeed*)

b. ☐ Un gérondif (*succeeding*)

c. ☐ Aucun des deux

8 La phrase suivante est-elle entièrement juste ?

Barack Obama said the US needed to address gun violence and gun control.

a. ☐ Oui b. ☐ Non

9 Faut-il compléter cette phrase par *to* ?

He wants us… speak louder.

a. ☐ Oui b. ☐ Non

SVT

10 Les groupes sanguins :

a. ☐ sont les mêmes pour tous les individus d'une même famille.

b. ☐ ne sont pas héréditaires.

c. ☐ sont au nombre de quatre pour le système ABO.

11 Les globules rouges :

a. ☐ sont aussi appelés hématies.

b. ☐ portent des anticorps qui déterminent les groupes sanguins.

c. ☐ sont les cellules qui transportent l'O_2 et le CO_2.

12 Le don du sang :

a. ☐ est un acte volontaire.

b. ☐ peut sauver des vies.

c. ☐ est un acte citoyen.

Réponses : 1. a ; 2. b ; 3. c ; 4. c ; 5. a ; 6. b ; 7. a ; 8. a ; 9. a ; 10. c ; 11. a, c ; 12. a, b, c.

Résultats

...... /12

DOCU

Les piles

Thalès de Milet (environ 600 av. J.-C.) avait remarqué les propriétés particulières de l'ambre. Ces propriétés ne pouvaient pas être expliquées à l'époque car on ne connaissait pas l'électricité. En grec, l'ambre se disait *electra*. Ce terme est devenu *electrum*, puis a donné son nom à l'électricité. À la fin du XVIIIe siècle, elle n'était toujours pas maîtrisée.

Alessandro Graf Volta.

Les travaux sur l'électricité

Luigi Galvani (1737-1798) avait remarqué que la cuisse d'une grenouille suspendue à du cuivre se contractait lorsqu'on la touchait avec une tige de fer. Il pensait donc que la grenouille produisait l'électricité. C'est un autre physicien, Alessandro Volta, qui a émis l'hypothèse que l'électricité était produite par le métal et non par la grenouille. Il fabriqua la première pile. Cette pile, qui porte son nom, est constituée d'un empilement de rondelles de cuivre, de zinc et de feutre imbibé d'acide.

Les piles aujourd'hui

Aujourd'hui, la plupart des piles que l'on utilise sont des piles sèches appelées piles salines. Ces piles, inventées par Georges Leclanché, un ingénieur français, produisent l'énergie électrique grâce à une réaction chimique. La pile alcaline, pratiquement de même constitution qu'une pile saline, contient de l'hydroxyde de potassium. Elle peut fournir plus d'électricité qu'une pile saline classique, elle est donc utile pour des appareils qui demandent plus d'énergie (flash, etc.). Enfin, dans la pile au lithium, le lithium remplace le zinc. On la trouve dans les calculatrices ou les prothèses cardiaques, auditives, etc.

Recycler les piles

Certains métaux contenus dans les piles (le mercure, le zinc, le cadmium ou le plomb) sont dits « métaux lourds ». Ils provoquent de graves maladies et ont des effets dévastateurs sur les organismes, en particulier sur le sang et les reins. Chaque année en France, c'est près d'un milliard de piles qui sont utilisées. Cela représente environ 30 000 tonnes de métaux divers à retraiter avec précaution.

minitest

1. Lithium, zinc, fer, cadmium et plomb sont-ils tous des métaux utilisés dans les piles ?

2. Qui a découvert le premier les propriétés de l'ambre ?

3. Une pile saline est plus efficace qu'une pile alcaline : vrai ou faux ?

Réponses : 1. Le fer n'est pas utilisé ; 2. Thalès de Milet ; 3. Faux.

Histoire

Géographie

EMC

Voyage dans le temps pour être le héros du programme !

Répondez à la première question et laissez-vous guider pour voyager dans l'espace, le temps, et faire un parcours citoyen.

Les questions sont mêlées : les questions en rouge concernent l'histoire, les questions en orange portent sur la géographie et les questions en bleu sont celles d'enseignement moral et civique. Suivez les instructions pour tenter de réussir tout le parcours !

Attention : *pour certaines questions, plusieurs réponses sont possibles.*

TOP Départ

n° 1 Civils et militaires dans la Première Guerre mondiale

Dans une malle, vous retrouvez des photos de votre arrière-grand-père, ainsi que son journal intime qui raconte : « Je rêve toujours des tranchées, des mitrailleuses, des obus, de la mort fauchant mes compagnons d'armes terre-neuviens, sénégalais, français… »

Parmi les éléments suivants, cochez ceux qui caractérisent la Première Guerre mondiale.

a. ☐ Une guerre de position

b. ☐ Une guerre de mouvement

c. ☐ Une guerre industrielle

d. ☐ Une guerre totale

Rendez-vous → n° 23

n° 2

→ Si vous avez répondu a, b, c, d à la question 10, continuez le parcours ci-dessous. Sinon, faites un détour par les corrigés p. 94 avant de poursuivre votre chemin.

Libertés et droits fondamentaux de la personne

Bien qu'étant mineur(e), vous vous sentez citoyen(ne) et désirez vous engager dans la vie de votre collège. Reliez chaque droit ou liberté à l'exemple qui lui correspond.

1. Le droit de vote •	• a. Être membre du FSE au collège
2. Le droit d'association •	• b. Participer à l'UNSS
3. Le droit de réunion •	• c. Participer au club Internet
4. La liberté d'expression •	• d. Élire et/ou se présenter au Conseil régional des jeunes
5. La liberté d'information •	• e. Réaliser un journal scolaire

Rendez-vous → n° 4

n°3

→ *Si vous avez répondu a, c, d, e à la question 27, continuez le parcours ci-dessous. Sinon, faites un détour par les corrigés p. 95 avant de poursuivre votre chemin.*

La France défaite et occupée

Vous remarquez que votre arrière-grand-père a souligné plusieurs expressions dans son journal intime. Saurez-vous les différencier et les classer dans le tableau ci-dessous ?

a. ☐ « Travail, Famille, Patrie »

b. ☐ Refus de collaborer

c. ☐ Révolution nationale

d. ☐ Sabotages et renseignements

e. ☐ Débarquement de Normandie

f. ☐ STO (Service du travail obligatoire)

1. La Résistance	2. Le régime de Vichy
....	....
....	....
....	....
....	....

Rendez-vous → n°19

n°4

→ *Si vous avez répondu 1 d, 2 a, 3 b, 4 e, 5 c à la question 2, continuez le parcours ci-dessous. Sinon, faites un détour par les corrigés p. 94 avant de poursuivre votre chemin.*

Servir son pays – Les formes de l'engagement

Assujetti(e) au devoir de défense, vous accomplissez le parcours de citoyenneté. Parmi les propositions suivantes, retrouvez les étapes de ce parcours.

a. ☐ L'enseignement des principes de l'organisation de la défense se fait en 5e et en 4e

b. ☐ Le recensement obligatoire des filles et des garçons de 16 ans se fait à la mairie de leur commune

c. ☐ La participation des garçons à la Journée défense et citoyenneté se fait entre 16 et 18 ans

d. ☐ L'attestation de participation à la JDC permet l'inscription aux examens, aux concours et au permis de conduire

e. ☐ Le SNU en est l'aboutissement avec un temps d'hébergement collectif et une période d'engagement

Rendez-vous → n°16

n°5

→ *Si vous avez répondu a, b à la question 18, continuez le parcours ci-dessous. Sinon, faites un détour par les corrigés p. 95 avant de poursuivre votre chemin.*

Enjeux et conflits dans le monde après 1989

Vous achevez la lecture du journal : « Avec l'effondrement du communisme et la fin de la Guerre froide, le nouvel ordre mondial est marqué par la superpuissance américaine. Hélas, les conflits n'ont pas disparu et de nouvelles menaces surgissent. » Quels sont-ils ?

a. ☐ Les attaques terroristes

b. ☐ Les conflits israélo-arabes

c. ☐ Le réveil de conflits anciens en Europe et la réunification de la Yougoslavie entre 1992 et 1995

d. ☐ La possession officieuse de la bombe atomique par certains États

Rendez-vous → n°15

n°6

→ *Si vous avez répondu b, c, d, e à la question 28, continuez le parcours ci-dessous. Sinon, faites un détour par les corrigés p. 95 avant de poursuivre votre chemin.*

Les territoires ultramarins : une problématique spécifique

Pendant vos vacances en Guadeloupe, vous vous rendez au port autonome de Jarry et réfléchissez au projet de son extension. Qu'en pensez-vous ? Cochez la ou les proposition(s) qui vous semblent correcte(s).

a. ☐ Le port de Jarry rompt l'éloignement de l'archipel, situé dans l'océan Pacifique, à 6 800 km de la France.

b. ☐ Il renforce la position de la Guadeloupe dans l'espace régional des Caraïbes.

c. ☐ Il fait de Jarry un hub ou un point de passage obligé pour les routes maritimes reliant l'Europe, l'Amérique et l'Asie, *via* le canal de Panama.

d. ☐ La Guadeloupe, région ultrapériphérique de l'UE, bénéficie d'aides européennes.

Rendez-vous → n°22

! Bon à savoir

Les cinq DROM (Guadeloupe, Martinique, Guyane, Réunion et Mayotte) sont des collectivités territoriales identiques aux collectivités métropolitaines. Ils reçoivent des aides dans le cadre de la politique régionale de l'UE. Les COM (collectivités d'outre-mer) profitent d'une autonomie dans la gestion de leurs affaires intérieures.

n°7

→ *Si vous avez répondu a, c, à la question 26, continuez le parcours ci-dessous. Sinon, faites un détour par les corrigés p. 95 avant de poursuivre votre chemin.*

L'Europe, un théâtre majeur des guerres totales

La lecture du journal de votre arrière-grand-père se poursuit : « Les civils souffrent aussi dans les guerres. Après le génocide des Arméniens, c'est au tour des Juifs et des Tziganes d'être persécutés. »
Qu'est-ce qu'un génocide ?

a. ☐ Le fait de séparer un groupe social d'un autre et de le maltraiter

b. ☐ La dispersion d'un peuple à travers le monde

c. ☐ L'extermination programmée d'un peuple

Rendez-vous → n°27

n°8

→ *Si vous avez répondu a, c à la question 23, continuez le parcours ci-dessous. Sinon, faites un détour par les corrigés p. 95-96 avant de poursuivre votre chemin.*

Expériences totalitaires dans l'Europe de l'entre-deux-guerres

« Le 30 janvier 1933, je perds l'espoir que la Première Guerre mondiale soit la "der des der". »
Que se passe-t-il ce jour-là ?

a. ☐ La transformation de la Russie en URSS

b. ☐ L'annexion de l'Autriche à l'Allemagne

c. ☐ La nomination d'Hitler au poste de chancelier d'Allemagne

Rendez-vous → n°17

n°9

→ Si vous avez répondu a, c, d, e à la question 20, continuez le parcours ci-dessous. Sinon, faites un détour par les corrigés p. 95 avant de poursuivre votre chemin.

La France dans le monde

En stage de journalisme à RFI, vous clôturez le 17e Sommet de la Francophonie à Erevan le 12 octobre 2018 et analysez la place et la présence de la France dans le monde. Quels arguments développez-vous ?

a. ☐ Quelque 300 millions de personnes parlent le français ; ces personnes pourraient être 700 millions en 2050.

b. ☐ La France est une référence en matière de démocratie et de droits de l'homme.

c. ☐ La France a une présence mondiale grâce à ses DROM et COM.

d. ☐ La France joue un rôle géopolitique à l'échelle de la planète.

Rendez-vous → n°25

! Bon à savoir

Le terme « Francophonie » désigne l'Organisation internationale de la Francophonie, soit l'organisation des 88 États et gouvernements menant des actions politiques pour promouvoir la langue française, la paix et le développement durable.
Le terme « francophonie » désigne quant à lui les locuteurs de la langue française.

n°10

→ Si vous avez répondu a, c, d à la question 25, continuez le parcours ci-dessous. Sinon, faites un détour par les corrigés p. 95 avant de poursuivre votre chemin.

Sentiments d'appartenance civiques, sociaux, culturels

Un élève de votre classe, dont la famille indienne vient d'être naturalisée, sait chanter la totalité de *La Marseillaise* et est heureux de lire une lettre de Poilu lors d'une cérémonie organisée le 11 novembre. Quel est votre sentiment face à cette attitude ?

a. ☐ Il est fier d'être citoyen français.

b. ☐ Il a une bonne mémoire.

c. ☐ Il est important pour lui de connaître l'histoire de sa nouvelle patrie.

d. ☐ Il veut comprendre le sens des symboles républicains.

Rendez-vous → n°2

n°11

→ Si vous avez répondu a, c à la question 21, continuez le parcours ci-dessous. Sinon, faites un détour par les corrigés p. 95 avant de poursuivre votre chemin.

Un monde bipolaire au temps de la guerre froide

« C'est extraordinaire ! En 1961, le Soviétique Gagarine effectue le premier vol habité dans l'espace, et en 1969, les Américains marchent sur la Lune. »
Que représente la conquête de l'espace pour ces pays ?

a. ☐ C'est un enjeu idéologique de la guerre froide.

b. ☐ C'est une forme de propagande pour l'URSS et les États-Unis.

c. ☐ C'est un défi ayant pour objectif la domination du monde.

Rendez-vous → n°14

n°12

→ Il fallait répondre 1 c, 2 d, 3 b, 4 e, 5 a à la question 16. Si vous n'avez pas les bonnes réponses, rendez-vous à la page 95 des corrigés.

Bravo, vous êtes arrivé(e) au terme de ce voyage dans le temps ! Vous connaissez maintenant vos forces et vos faiblesses en histoire, en géographie et en éducation morale et civique.
À vos livres si vous avez plus de 12 réponses fausses ! Si en revanche vous avez moins de 6 réponses fausses, vous pouvez refermer ce cahier avec sérénité. Vous êtes au point pour votre passage en 2de.

n° 13

→ *Si vous avez répondu c 1 à la question 17, continuez le parcours ci-dessous. Sinon, faites un détour par les corrigés p. 95 avant de poursuivre votre chemin.*

Expériences totalitaires dans l'Europe de l'entre-deux-guerres

Vous trouvez une carte postale de la tour Eiffel datant de l'Exposition universelle de Paris de 1937. Le monument est encadré des pavillons allemand et soviétique. Classez ces expressions dans le tableau ci-dessous, selon le type de régime auquel elles se réfèrent :

1. ☐ Pluralisme politique et élections libres
2. ☐ Propagande active
3. ☐ Liberté d'expression
4. ☐ Système concentrationnaire
5. ☐ Police politique
6. ☐ Encadrement de la jeunesse

a. Démocratie	b. Régime totalitaire
....	....
....	....
....	....
....	....

Rendez-vous → n° 26

n° 14

→ *Si vous avez répondu a, b, c à la question 11, continuez le parcours ci-dessous. Sinon, faites un détour par les corrigés p. 94 avant de poursuivre votre chemin.*

Indépendance et construction de nouveaux États

Sur un timbre célébrant l'indépendance de la république du Sénégal du 4 avril 1960, vous voyez une femme coiffée d'une couronne. Elle s'appuie sur un faisceau et porte un enfant tenant une branche d'olivier. Qu'en concluez-vous ?

1. Le Sénégal a obtenu son indépendance :

a. ☐ violemment b. ☐ pacifiquement

2. Le Sénégal :

c. ☐ a conservé

d. ☐ a rompu ses liens avec la France, son ancienne métropole

Rendez-vous → n° 18

n° 15

→ *Si vous avez répondu a, b, d à la question 5, continuez le parcours ci-dessous. Sinon, faites un détour par les corrigés p. 94 avant de poursuivre votre chemin.*

Les aires urbaines, une nouvelle géographie d'une France mondialisée

Vos parents décident de créer une entreprise à Strasbourg, la neuvième aire urbaine française. La croissance moyenne annuelle de sa population est de 0,5 % alors que celle de la couronne périurbaine s'élève à 0,9 %. Comment nomme-t-on le phénomène d'extension spatiale à partir de la ville-centre ?

a. ☐ Le péricentre

b. ☐ La métropolisation

c. ☐ La périurbanisation

Rendez-vous → n° 28

n° 16

→ *Si vous avez répondu b, d, e à la question 4, continuez le parcours ci-dessous. Sinon, faites un détour par les corrigés p. 94 avant de poursuivre votre chemin.*

Les grandes étapes du parcours d'une loi

Vous le savez, la loi est essentielle dans une démocratie représentative et nul n'est censé l'ignorer. Remettez dans l'ordre les étapes du parcours de la loi en France.

a. ☐ Le président de la République promulgue les lois.

b. ☐ La loi est votée par le Parlement.

c. ☐ L'initiative des lois appartient au Premier ministre et au Parlement.

d. ☐ Le projet ou proposition de loi est examiné successivement par les deux assemblées du Parlement.

e. ☐ Le Conseil constitutionnel se prononce sur la conformité de la loi à la Constitution.

1. ...... 2. ...... 3. ...... 4. ...... 5. ......

Rendez-vous → n° 12

n° 17

→ *Si vous avez répondu c à la question 8, continuez le parcours ci-dessous. Sinon, faites un détour par les corrigés p. 94 avant de poursuivre votre chemin.*

Démocraties fragilisées dans l'Europe de l'entre-deux-guerres

« Quel bon souvenir que celui de mes premiers congés payés ! » Sous quel gouvernement les congés payés ont-ils été instaurés en France, et à quelle date ce gouvernement est-il arrivé au pouvoir ?

a. ☐ Le régime de Vichy	1. ☐ En 1936
b. ☐ La Libération	2. ☐ En 1940
c. ☐ Le Front populaire	3. ☐ En 1944

Rendez-vous → n° 13

n° 18

→ *Si vous avez répondu 1 b, 2 c à la question 14, continuez le parcours ci-dessous. Sinon, faites un détour par les corrigés p. 94 avant de poursuivre votre chemin.*

Mise en œuvre du projet européen

La découverte d'un buvard d'écolier symbolisant le projet européen vous amène à réfléchir à la construction de ce dernier. Parmi les propositions suivantes, cochez les phrases correctes.

a. ☐ La construction européenne préserve la paix et la démocratie.

b. ☐ La construction européenne crée un marché commun et une identité commune.

c. ☐ Le traité instituant la Communauté économique européenne date de 1992.

d. ☐ Le traité de Maastricht est un élargissement de la construction européenne.

e. ☐ L'adhésion de nouveaux États est un approfondissement de la construction européenne.

Rendez-vous → n° 5

n° 19

→ *Si vous avez répondu 1 b, d, e et 2 a, c, f à la question 3, continuez le parcours ci-dessous. Sinon, faites un détour par les corrigés p. 94 avant de poursuivre votre chemin.*

Refonder la République, redéfinir la démocratie

« Que de joies et de soulagement à la Libération ! » Pourquoi parle-t-on alors de refondation républicaine ?

a. ☐ Les décisions du régime de Vichy sont remises en vigueur.

b. ☐ Le droit de vote et d'éligibilité est donné aux femmes.

c. ☐ 96 % des Français disent oui au référendum sur la Constitution de la Ve République.

d. ☐ La création de la Sécurité sociale complète l'œuvre du Front populaire.

Rendez-vous → n° 24

n° 20

→ *Si vous avez répondu a, c, d, e à la question 22, continuez le parcours ci-dessous. Sinon, faites un détour par les corrigés p. 95 avant de poursuivre votre chemin.*

L'Europe dans le monde

Malgré le « oui » au Brexit du Royaume-Uni, vous continuez à penser que l'Union européenne exerce une influence dans le monde. Pour quelles raisons ?

a. ☐ L'UE est la première puissance commerciale, agricole, industrielle et de services.

b. ☐ L'UE est un État fédéral et dispose d'une armée commune.

c. ☐ L'UE occupe le premier rang mondial pour les investissements directs à l'étranger.

d. ☐ L'UE est le premier pôle touristique mondial et une puissance culturelle (Paris, Rome, Athènes).

e. ☐ L'UE est le premier pôle attirant les flux d'immigration.

Rendez-vous → n° 9

n°21

→ Si vous avez répondu 1 d, 2 c, 3 a, 4 b à la question 24, continuez le parcours ci-dessous. Sinon, faites un détour par les corrigés p. 95 avant de poursuivre votre chemin.

Un monde bipolaire au temps de la guerre froide

Vous poursuivez la lecture du journal de votre arrière-grand-père : « Hans, mon ami, regrette que sa sœur, qui vit à Dresde (en République démocratique allemande), ne puisse venir le voir à Paris. » À votre avis, pourquoi la sœur de Hans ne peut-elle pas lui rendre visite ?

a. ☐ C'est la guerre froide, marquée par l'affrontement Est/Ouest.

b. ☐ La RDA fait partie du bloc occidental.

c. ☐ La RDA est une démocratie populaire.

Rendez-vous → n°11

n°22

→ Si vous avez répondu b, c, d à la question 6, continuez le parcours ci-dessous. Sinon, faites un détour par les corrigés p. 94 avant de poursuivre votre chemin.

L'UE, nouveau territoire de référence

Avec le chantier d'extension de la ligne D du tramway, qui reliera Strasbourg à Kehl, vous prenez conscience de la dimension franco-allemande et européenne de votre ville.
À votre avis, quel potentiel l'UE représente-t-elle pour Strasbourg et pour la France ?

a. ☐ Strasbourg-Kehl, la métropole des Deux-Rives, est sélectionnée pour sa démarche d'éco-cité parmi 13 villes.

b. ☐ Strasbourg est mal desservie par les liaisons à grande vitesse (air, rail, route).

c. ☐ Strasbourg n'est plus une « zone frontière » mais un espace métropolitain transfrontalier de 900 000 habitants.

d. ☐ Métropole rhénane, Strasbourg joue un rôle majeur dans l'espace trinational du Rhin supérieur, une région très dynamique d'Europe.

e. ☐ Les projets sont financés par l'UE, les collectivités territoriales des États y participant.

Rendez-vous → n°20

n°23

→ Si vous avez répondu a, b, c, d à la question 1, continuez le parcours ci-dessous. Sinon, faites un détour par les corrigés p. 94 avant de poursuivre votre chemin.

Civils et militaires dans la Première Guerre mondiale

Vous poursuivez votre lecture. « Après ma démobilisation, c'est le choc : les femmes en noir, les jeunes mutilés, les occupations d'usines, l'Europe bouleversée. » D'après vous, pourquoi votre arrière-grand-père fait-il cette remarque ?

a. ☐ En Russie, le bolchevik Lénine accède au pouvoir après la révolution d'Octobre 1917.

b. ☐ Trois empires disparaissent et l'Empire austro-hongrois subsiste.

c. ☐ De nouveaux États sont créés, dont la Pologne, la Tchécoslovaquie et la Yougoslavie.

Rendez-vous → n°8

n°24

→ Si vous avez répondu b, d à la question 19, continuez le parcours ci-dessous. Sinon, faites un détour par les corrigés p. 95 avant de poursuivre votre chemin.

Femmes et hommes des années 1950 aux années 1980

« La France de la deuxième moitié du XXe siècle se transforme avec le baby-boom, les Trente Glorieuses, le recours à l'immigration, la crise économique et l'alternance. » Retrouvez les dates des réponses politiques données par la République à ces changements majeurs.

1. ☐ Revenu minimum d'insertion	•	•	a. 1968
2. ☐ Loi abolissant la peine de mort	•	•	b. 1975
3. ☐ Accords de Grenelle	•	•	c. 1981
4. ☐ Loi relative à l'interruption volontaire de grossesse	•	•	d. 1988

Rendez-vous → n°21

n°25

➜ Si vous avez répondu a, b, c, d à la question 9, continuez le parcours ci-dessous. Sinon, faites un détour par les corrigés p. 94 avant de poursuivre votre chemin.

Comprendre les enjeux de la laïcité

Vous débattez sur la laïcité, une valeur et un principe de la République, et vous développez des arguments. Lesquels sont justes ? Cochez les réponses adéquates.

a. ☐ Elle protège de toute pression et aide à forger la personnalité de chacun.

b. ☐ Elle oblige chacun à ne pas croire.

c. ☐ Elle concilie la liberté de chacun avec l'égalité et la fraternité de tous.

d. ☐ Elle garantit l'égalité de tous, car à l'école on ne peut pas porter un signe ou une tenue manifestant ostensiblement une appartenance religieuse.

Rendez-vous ➜ n°10

n°26

➜ Si vous avez répondu 1 a, 2 b, 3 a, 4 b, 5 b, 6 b à la question 13, continuez le parcours ci-dessous. Sinon, faites un détour par les corrigés p. 94 avant de poursuivre votre chemin.

Expériences totalitaires dans l'Europe de l'entre-deux-guerres

Vous poursuivez votre lecture : « En 1938, je fais la connaissance de Hans, de confession juive, qui fuit l'Allemagne nazie. » Quelles mesures antisémites l'Allemagne nazie a-t-elle adoptées ?

a. ☐ Les lois de Nuremberg de 1935

b. ☐ Le statut des Juifs d'octobre 1940

c. ☐ La solution finale de la question juive de 1942

Rendez-vous ➜ n°7

n°27

➜ Si vous avez répondu c à la question 7, continuez le parcours ci-dessous. Sinon, faites un détour par les corrigés p. 94 avant de poursuivre votre chemin.

La Seconde Guerre mondiale, une guerre d'anéantissement

« Entre 1939 et 1945, l'Europe et le monde sont mis à feu et à sang lors d'une guerre idéologique, totale et d'anéantissement. »

Parmi les propositions suivantes, cochez celles qui caractérisent la Seconde Guerre mondiale.

a. ☐ La lutte entre le nazisme et le communisme

b. ☐ La mort de plus de 50 millions de personnes, dont 60 % de militaires

c. ☐ L'anéantissement des Juifs, Tziganes et communistes par les *Einsatzgruppen*

d. ☐ Le massacre des populations civiles et militaires

e. ☐ Le combat des démocraties pour défendre les libertés

Rendez-vous ➜ n°3

! Bon à savoir

En avril 1985, sort *Shoah*, un documentaire de 9 h et 26 minutes de Claude Lanzmann, qui fait revivre l'acheminement des Juifs européens vers les camps de concentration pendant la Seconde Guerre mondiale.

n°28

➜ Si vous avez répondu c à la question 15, continuez le parcours ci-dessous. Sinon, faites un détour par les corrigés p. 95 avant de poursuivre votre chemin.

Les espaces de faible densité et leurs atouts

Sur une plaquette publicitaire, vous lisez le message suivant : « Tout pour s'installer dans le Cantal, 3 jours pour changer de vie. » Vous aimeriez y vivre et y travailler plus tard. Quelles sont vos motivations ?

a. ☐ La vie dans un département démographiquement dynamique

b. ☐ L'attirance pour un cadre de vie agréable et proche de la nature

c. ☐ La valorisation de l'agriculture biologique et de l'élevage laitier

d. ☐ Le positionnement stratégique grâce à la proximité de l'A75

e. ☐ Le dynamisme des collectivités territoriales créant un village d'entreprises et promouvant le télétravail

Rendez-vous ➜ n°6

! Bon à savoir

Les espaces de faible densité sont des espaces où la densité de population est inférieure à 30 habitants par km^2 (en moyenne, en France, 118 habitants/km^2).

Quiz-bilan

1 En France, quel est le pourcentage de personnes vivant sous l'influence d'une ville ?

a. ☐ 55 %
b. ☐ 75 %
c. ☐ 95 %

2 De quel programme politique la phrase « Aucun Juif ne peut donc être un frère de race » est-elle extraite ?

a. ☐ Celui du PC soviétique
b. ☐ Celui du NSDAP
c. ☐ Celui de la SFIO

3 Quel est l'intrus qui s'est glissé parmi les mesures sociales du Front populaire ?

a. ☐ La 5e semaine de congés payés
b. ☐ L'augmentation des salaires
c. ☐ Les contrats collectifs de travail

4 Qui unifie la Résistance intérieure dans le Conseil national de la Résistance ?

a. ☐ Le maréchal Pétain
b. ☐ Léon Blum
c. ☐ Jean Moulin

5 Qu'appelle-t-on la guerre totale ?

a. ☐ La mobilisation de toutes les forces d'un pays pour la victoire
b. ☐ Une période de tension sans conflit armé direct entre les États-Unis et l'URSS
c. ☐ La destruction de l'adversaire sans faire la distinction entre civils et militaires

6 Sous quel président de la Ve République la France connaît-elle l'alternance ainsi que la cohabitation, et ratifie-t-elle le traité de Maastricht ?

a. ☐ Charles de Gaulle
b. ☐ François Mitterrand
c. ☐ Jacques Chirac

7 À quoi correspond l'Organisation du traité de l'Atlantique nord (OTAN) ?

a. ☐ L'alliance économique créée en Europe
b. ☐ L'institution spécialisée de l'ONU chargée des relations culturelles et de l'éducation
c. ☐ L'alliance militaire créée autour des États-Unis

8 Quelle est la première colonie qui accède à l'indépendance en 1947 ?

a. ☐ L'Inde
b. ☐ Le Sénégal
c. ☐ L'Algérie

9 Quel traité ne concerne pas l'Union européenne ?

a. ☐ Le traité de Rome
b. ☐ Le traité de Versailles
c. ☐ Le traité de Maastricht

10 Quelle proposition correspond à la définition de l'alternance ?

a. ☐ Le président de la République et le Premier ministre sont de tendances politiques opposées.
b. ☐ Tous les partis politiques ne font pas partie de la majorité parlementaire.
c. ☐ Un autre courant politique succède à celui qui était au pouvoir.

11 Qu'est-ce que la prospective territoriale ?

a. ☐ L'ensemble des personnes ou l'organisation agissant sur un espace
b. ☐ La démarche visant à imaginer des scénarios pour le futur d'un espace
c. ☐ L'ensemble des actions menées sur un espace

12 Quel élément ne correspond pas au fonctionnement d'une démocratie ?

a. ☐ Les trois pouvoirs sont séparés.
b. ☐ Il n'y a qu'un seul parti.
c. ☐ Les droits de l'homme sont respectés.

Réponses : **1.** c ; **2.** b ; **3.** a ; **4.** c ; **5.** a ; **6.** b ; **7.** c ; **8.** a ; **9.** b ; **10.** c ; **11.** b ; **12.** b.

Résultats

...... /12

Corrigés détachables

Séquence 1

▶ Français p. 4-5

1 **1. b.** Un narrateur interne, qui parle à la première personne.

2. Personne n'aurait pu dire d'où venait Mondo. Il était arrivé un jour, par hasard, ici dans notre ville, sans qu'on s'en aperçoive, et puis on s'était habitué à lui. C'était un garçon d'une dizaine d'années, avec un visage tout rond et tranquille, et de beaux yeux noirs un peu obliques. Mais c'était surtout ses cheveux qu'on remarquait, des cheveux brun cendré qui changeaient de couleur selon la lumière [...].
On ne savait rien de sa famille, ni de sa maison. Peut-être qu'il n'en avait pas. Toujours, quand on ne s'y attendait pas, quand on ne pensait pas à lui, il apparaissait au coin de la rue, près de la plage, ou sur la place du marché.

L'emploi de l'imparfait à valeur durative (*remarquait*, *apparaissait*, etc.) indique également au lecteur que Mondo est arrivé dans la ville depuis un moment.

2

Constituants	Nature	Fonction
a. Personne	Pronom indéfini	Sujet du verbe « aurait pu dire »
b. d'où venait Mondo	Proposition subordonnée conjonctive	COD du verbe « aurait pu dire »
c. un peu obliques	Adjectif précédé de l'adverbe « un peu »	Épithète du GN « de beaux yeux noirs »
d. quand on ne s'y attendait pas	Proposition subordonnée conjonctive	CC de temps

3 **1.** Tom **voit** Chloé qui lui sourit.

2. Éléa achète le T-shirt qu'elle **a vu** hier dans la vitrine.

3. Adam **verra** ses cousins dès qu'il sera arrivé chez son oncle Thomas.

4. Dans dix ans, s'il continue à voyager, Erwan **aura vu** dix pays.

5. Quand il **eut vu** l'ensemble des dégâts causés par la tempête, il appela l'assurance.

4 **1.** vienne (présent) – venons – parte (présent) – puissions (présent) – prendre – voulussent (imparfait) – sois (présent)– voyez – ayez (présent)

2. viendrait – pouvait – prendrait – partirai – partais – reviendra – fallait

3. fasse – commençait (imparfait) – arriverais – prendra (futur) – vîntes (passé simple) – soulignant – aille

4. va (présent) – tais-toi (présent) – vîmes – prendront – aie fini (passé)– vais – sache (présent)– viennent

5 Subjonctif présent.

6 Il faut que vous **sachiez** que Mondo désire profondément que l'on **fasse** attention à lui. C'est pourquoi il demande aux personnes qu'il **rencontre** si elles **veulent** bien l'adopter. Avant que les gens **soient revenus** de leur surprise, il **est** déjà loin. Ensuite, il disparaît jusqu'à ce qu'il **ait** faim.

7 alvéole – antipode – apostrophe – argile – armistice – astérisque – autoroute – cartouche – éloge – enseigne – entracte – épithète – hémisphère – hymne – insigne – manœuvre – méandre – ode – stalactite – tour – viscère

▶ Maths p. 6-7

1 **1.** → **c.** ; **2.** → **d.** ; **3.** → **b.** ; **4.** → **a.**

2 **1.** → **d.** ; **2.** → **a.** ; **3.** → **b.** ; **4.** → **c.**

3 **1.** $(10^5)^4 = 10^{20}$

2. $(3^4)^6 = \mathbf{3^{24}}$

3. $10^3 + 10^4 = 11 \times 10^3$

4. $5^3 \times 5^2 \times 5^{-1} = \mathbf{5^4}$

5. $10^4 - 10^3 = 9 \times 10^3$

4 **1.** La première année, il disposera de la somme de départ et des intérêts produits par cette somme, soit :

$$1\,000 + \frac{1\,000 \times 1}{100} = 1\,000 \times 1{,}01^1 = 1\,010 \text{ €}$$

2. Au bout de deux ans :

$$1\,010 + \frac{1\,010 \times 1}{100} = 1\,000 \times 1{,}01^2 = 1\,020{,}1 \text{ €}$$

3. Au bout de cinq ans : $1\,000 \times 1{,}01^5 \approx 1\,051{,}01$ €

Au bout de cinq ans, les 1 000 € de Rémi lui auront donc rapporté 51,01 € d'intérêts !

5 **1.** Faux.

2. Faux.

3. Vrai.

4. Faux.

5. Faux.

6 **1.** → **a.** ; **2.** → **a.** ; **3.** → **c.** ; **4.** → **b.**

7 Je place sur la première case $2^0 = 1$ €, puis je double à chaque case.
À la 25e case, j'aurai donc placé $2^{24} = 16\,777\,216$ €, ce qui fait une jolie somme !

▶ Anglais p. 8

1 **1.** to volunteer

2. the caste system

3. the martial law

2 **1.** How many Indian soldiers were killed during the war?

2. Why did they choose to fight?

3 **1.** Indian soldiers were not conscripts but volunteers.

2. Why did they become the forgotten soldiers of the Empire?

▶ SVT p. 9

1 Les caractères héréditaires sont **2.** les yeux verts, **4.** les jambes longues et **5.** les lèvres fines.

2 Les individus daltoniens sont soulignés dans la liste ci-dessous :

1. Laurent	**5.** Aubin	**9.** Enzo
2. Brigitte	**6.** Pauline	**10.** Thibaud
3. Pierre	**7.** Mathilde	**11.** Charlotte
4. Alice	**8.** Eliot	

3 **1.** Les chromosomes

2. L'ADN

3. Un caractère héréditaire

4. Un gène

Séquence 2

▶ Français .... p. 12-13

1 **1.** À douze ans, je n'avais pas encore vu la mer, la vraie mer ! Non ! J'en étais toujours à m'embarquer par la pensée sur les sardinières, les chaloupes de pêche […] et même les bateaux à vapeur – on les appelait alors des pyroscaphes ! – qui descendaient vers l'embouchure de la Loire.

Un jour enfin, mon frère et moi, nous eûmes la permission de prendre passage à bord du pyroscaphe n° 2 ! Quelle joie ! C'était à en perdre la tête !

Nous voilà donc en route. […] Se précipiter hors du bateau, descendre les roches tapissées de varechs, afin de puiser de l'eau de mer dans notre main, et la porter à nos lèvres, ce fut pour mon frère et moi l'affaire de quelques bonds…

2. b. Le narrateur adulte porte un regard amusé sur ce souvenir d'enfance. Il évoque sa joie face à la mer, son enthousiasme et son impatience de petit garçon.

2 **1.** Vous pouviez entourer les verbes suivants : un verbe au **plus-que-parfait** (*avais vu*), un verbe à l'**imparfait** (*étais/appelait/descendaient/était*), et un verbe au **passé simple** (*eûmes/fut*).

Le narrateur raconte son souvenir de jeunesse en utilisant le **système du passé**.

2. Les verbes *eûmes* et *fut* sont au **passé simple de l'indicatif**.

3.

J'**eus**	Tu **eus**	Il **eut**	Nous **eûmes**	Vous **eûtes**	Ils **eurent**
Je **fus**	Tu **fus**	Elle **fut**	Nous **fûmes**	Vous **fûtes**	Ils **furent**

3 **1.** Au passé simple : Nous **nous précipitâmes** hors du bateau, nous **descendîmes** les roches.

2. Au plus-que-parfait : Ils **s'étaient précipités** hors du bateau, ils **avaient descendu** les roches.

3. À l'imparfait : Je **me précipitais** hors du bateau, je **descendais** les roches.

4 **1.** À douze ans, je n'avais pas encore vu la mer, la vraie mer ! Non ! J'en étais toujours à m'embarquer par la pensée sur les sardinières, les chaloupes de pêche […] et même les bateaux à vapeur – on les appelait alors des pyroscaphes ! – qui descendaient vers l'embouchure de la Loire.

Un jour enfin, mon frère et moi, nous eûmes la permission de prendre passage à bord du pyroscaphe n° 2 !… Quelle joie ! C'était à en perdre la tête ! […]

2. donc → rapport logique : conséquence.

5 **1.** Adverbes : (1) d'abord (2) ensuite (3) puis (4) enfin.

2. Groupes nominaux : (1) en premier lieu (2) dans un second temps (3) par la suite (4) à la fin.

6 **1.** Terre : atterrir – Grave : aggraver – Long : allonger – Clameur : acclamer. *Des exceptions :* apercevoir, aplanir, apaiser, aplatir.

2. Moral : immoral – Lisible : illisible – Réel : irréel – Mortel : immortel. *Des particularités à observer :* invraisemblable, insuffisant, insupportable, imprécis.

7 **V**irginie vient volontairement valser vilainement.
Ébahie, éberluée et ébaubie, Émilie éternue écologiquement.
Rouspétant, râlant, rageant, Roméo renifle. Roméo revit.
Noémie nargue naïvement notre nouveau notaire.
Ensemble, Étienne et Éric écrivent.

▶ Maths .... p. 14-15

1 **1.** → **d.** ; **2.** → **a.** ; **3.** → **c.** ; **4.** → **b.**

2 **1.** → **c.** ; **2.** → **d.** ; **3.** → **b.** ; **4.** → **a.**

3 **1.** $A(x) = (2x + 1)\,[(2x + 1) - (\mathbf{3x + 1})]$

donc $A(x) = (\mathbf{2x + 1})(2x + 1 - 3x - 1)$

donc $A(x) = (2x + 1)\,(-x) = \mathbf{-x\,(2x + 1)}$

2. $B(x) = (2x - 1)(3x - 5) - (3x - 5)^2$

$B(x) = (2x - 1)(\mathbf{3x - 5}) - (3x - 5)\,(3x - 5)$

$B(x) = (3x - 5)\,[(\mathbf{2x - 1}) - (3x - 5)]$

$B(x) = (\mathbf{3x - 5})(2x - 1 - 3x + 5)$

$B(x) = (3x - 5)(\mathbf{-x + 4})$

4 **1.** Soit l'expression $A(x) = (3x - 5)(2x + 3)$.

$A(x)$ est **le produit** de deux **facteurs**.

Le premier facteur est **la différence** de $3x$ et de 5. Le second facteur est **la somme** de $2x$ et de 3. Il s'agit de la forme **factorisée** de l'expression.

2. Soit $4x^2 - 25 = (2x - 5)(2x + 5)$. $4x^2 - 25$ est la forme **développée** de l'expression.

5 **1.** → **b.** ; **2.** → **a.** ; **3.** → **a.** ; **4.** → **c.**

6 On peut calculer mentalement des produits à l'aide des identités remarquables.

$1\,003 \times 997 = (1\,000 + 3)(1\,000 - 3) = 1\,000^2 - 3^2 = 999\,991$

Vous pouvez multiplier les exemples et bluffer vos amis !

7 Si $N = 3$ alors $4^2 - 2^2 = 16 - 4 = 12 = 4 \times 3$

Si $N = 4$ alors $5^2 - 3^2 = 25 - 9 = 16 = 4 \times 4$

Si $N = 5$ alors $6^2 - 4^2 = 36 - 16 = 20 = 4 \times 5$

On peut donc en déduire que $(N + 1)^2 - (N - 1)^2 = 4N$.

▶ Anglais .... p. 16

1 **1. a.** has always made ; **2. b.** has always been.

2 **1. b.** Caractéristique – présent simple

2. a. Expérience – *present perfect*

3 **1.** Right

2. Wrong

▶ Physique-Chimie .... p. 17

1 **1.** Acide

2. Basique

3. Basique

4. Acide

5. Neutre

2 **1.** Ion fer

2. Ion chlorure

3. Ion cuivre

4. Ion sulfate

Corrigés détachables

Séquence 3

▶ Français .... p. 20-21

1 1. Une formule injonctive : **viens**

2. Une exclamation : **le parfum [...] égale la fraise et la rose !**

3. Un nom connoté positivement : **parfum, volupté**

4. Une reprise nominale : **mon pays, jardin**

2 1. → c. ; 2. → b. ; 3. → d. ; 4. → a.

3 1. Viens, toi qui l'ignores, viens que je te dise tout bas : le parfum des bois de mon pays égale la fraise et la rose ! [...] Et si tu passais, en juin, entre les prairies fauchées, à l'heure où la lune ruisselle sur les meules rondes qui sont les dunes de mon pays, tu sentirais, à leur parfum, s'ouvrir ton cœur. Tu fermerais les yeux, [...] et tu laisserais tomber ta tête avec un muet soupir...

L'énonciateur s'adresse à une personne qui lui est proche, puisqu'il la tutoie et emploie l'impératif afin de la persuader de venir le rejoindre dans « son pays ». On peut en déduire que son interlocuteur vit loin de ce « pays » et qu'il ne le connaît pas.

L'objectif de l'énonciateur est de décrire son pays afin de persuader de sa beauté.

4 1. parfum ☺ – odeur ☺ – senteur ☺ – fragrance ☺ – arôme ☺ – puanteur ☹ – infection ☹ – fétidité ☹ – effluve ☺ – fraîcheur ☺

2. « noir de verdure et sans fleurs », « poussiéreux ». b. non.

3. b. Malgré ses défauts qui font son charme, le narrateur aime son pays. C'est pourquoi il n'y a pas de connotation négative.

5

Condition exprimée	Résultat
Si tu passais entre les prairies fauchées,	**tu sentirais s'ouvrir ton cœur.**
Si tu passais entre les prairies fauchées,	tu fermerais les yeux.
Si tu passais entre les prairies fauchées,	tu laisserais tomber ta tête.

1. b. Les conditions exprimées portent sur l'avenir.

2. a. Les conditions sont réalisables.

6 2. <u>Au cas où son ami viendrait</u>, il a rangé sa maison.

3. <u>Selon que son invité viendra ou pas</u>, le narrateur organisera des sorties.

7 *Par exemple :* Si j'étais un verbe, je serais : **aimer**.

Si j'étais un adjectif de couleur, je serais : **jaune vif**.

Si j'étais un nom abstrait, je serais : **liberté**.

Si j'étais un pronom, je serais : **toi**.

Si j'étais un adverbe de manière, je serais : **joyeusement**.

▶ Maths .... p. 22-23

1 1. → b. ; 2. → c. ; 3. → d. ; 4. → a.

2 1. → d. ; 2. → c. ; 3. → b. ; 4. → a.

3 1. $\sqrt{54} = \sqrt{9 \times \mathbf{6}} = \sqrt{\mathbf{9}} \times \sqrt{\mathbf{6}} = \mathbf{3\sqrt{6}}$

2. $3\sqrt{7} = \sqrt{3^2} \times \sqrt{\mathbf{7}} = \sqrt{\mathbf{9 \times 7}} = \sqrt{\mathbf{63}}$

3. $\sqrt{\dfrac{75}{48}} = \dfrac{\sqrt{\mathbf{3 \times 25}}}{\sqrt{\mathbf{3 \times 16}}} = \sqrt{\dfrac{\mathbf{25}}{\mathbf{16}}} = \sqrt{\left(\dfrac{\mathbf{5}}{\mathbf{4}}\right)^2} = \dfrac{\mathbf{5}}{\mathbf{4}}$

4. $\dfrac{\sqrt{108}}{\sqrt{147}} = \dfrac{\sqrt{\mathbf{3 \times 36}}}{\sqrt{\mathbf{3 \times 49}}} = \dfrac{\mathbf{6\sqrt{3}}}{\mathbf{7\sqrt{3}}} = \dfrac{\mathbf{6}}{\mathbf{7}}$

4 1. Développons et simplifions l'expression $(10 + 4\sqrt{6})(\sqrt{3} - \sqrt{2})$.

On a $(10+4\sqrt{6})(\sqrt{3}-\sqrt{2}) = 10\sqrt{3} - 10\sqrt{2} + 4\sqrt{6} \times \sqrt{3} - 4\sqrt{6} \times \sqrt{2}$

Donc $(10 + 4\sqrt{6})(\sqrt{3} - \sqrt{2}) = 10\sqrt{3} - 10\sqrt{2} + 4\sqrt{18} - 4\sqrt{12}$

Donc $(10+4\sqrt{6})(\sqrt{3}-\sqrt{2}) = 10\sqrt{3} - 10\sqrt{2} + 4 \times 3\sqrt{2} - 4 \times 2\sqrt{3}$

Donc : $(10 + 4\sqrt{6})(\sqrt{3} - \sqrt{2}) = 10\sqrt{3} - 10\sqrt{2} + 12\sqrt{2} - 8\sqrt{3}$

Donc : $(10 + 4\sqrt{6})(\sqrt{3} - \sqrt{2}) = 2\sqrt{3} + 2\sqrt{2}$

2. On considère le tableau ci-dessous :

$\sqrt{3} + \sqrt{2}$	$10 + 4\sqrt{6}$
$\sqrt{3} - \sqrt{2}$	2

Ce tableau sera un tableau de proportionnalité si, et seulement si, les rapports $\dfrac{\sqrt{3} + \sqrt{2}}{\sqrt{3} - \sqrt{2}}$ et $\dfrac{10 + 4\sqrt{6}}{2}$ sont égaux.

Ces rapports seront égaux si, et seulement si, les produits en croix sont égaux.

Donc si, et seulement si, $2(\sqrt{3} + \sqrt{2}) = (\sqrt{3} - \sqrt{2})(10 + 4\sqrt{6})$

Or, nous avons montré à la question précédente que :
$(10 + 4\sqrt{6})(\sqrt{3} - \sqrt{2}) = 2\sqrt{3} + 2\sqrt{2}$

Donc $(10 + 4\sqrt{6})(\sqrt{3} - \sqrt{2}) = 2(\sqrt{3} + \sqrt{2})$.

Donc les rapports sont effectivement égaux et le tableau traduit une situation de proportionnalité.

5 1. Vrai ; 2. Faux ; 3. Faux ; 4. Faux.

6 1. $\sqrt{28} = \sqrt{4 \times 7} = 2\sqrt{7}$ et $\sqrt{63} = \sqrt{9 \times 7} = 3\sqrt{7}$. Donc :
$-4\sqrt{28} + 5\sqrt{63} = -4 \times 2\sqrt{7} + 5 \times 3\sqrt{7} = -8\sqrt{7} + 15\sqrt{7} = 7\sqrt{7}$.
→ Réponse b.

2. $\sqrt{27} = \sqrt{9 \times 3} = 3\sqrt{3}$ et $\sqrt{48} = \sqrt{16 \times 3} = 4\sqrt{3}$ et $\sqrt{75} = \sqrt{25 \times 3} = 5\sqrt{3}$. Donc : $3\sqrt{3} - 4\sqrt{27} + 10\sqrt{48} + 5\sqrt{75}$
$= 3\sqrt{3} - 4 \times 3\sqrt{3} + 10 \times 4\sqrt{3} + 5 \times 5\sqrt{3} = 3\sqrt{3} - 12\sqrt{3} + 40\sqrt{3}$
$+ 25\sqrt{3} = 56\sqrt{3}$. → Réponse c.

3. $(3 + 5\sqrt{2}) \times (3 - 5\sqrt{2}) = 3^2 - (5\sqrt{2})^2 = 9 - 25 \times 2 = 9 - 50 = -41$
→ Réponse a.

4. $\sqrt{7 + 4\sqrt{3}} = \sqrt{4 + 4\sqrt{3} + 3} = \sqrt{2^2 + 2 \times 2 \times \sqrt{3} + (\sqrt{3})^2}$
$= \sqrt{(2 + \sqrt{3})^2} = 2 + \sqrt{3}$ → Réponse b.

7 Mon chiffre des centaines est le plus petit nombre premier : **2**.

Mon chiffre des dizaines est le cube de mon chiffre des centaines : **8**.

Ma racine carrée est un nombre entier inférieur à 30 : **9**.

Qui suis-je ? **289**.

8

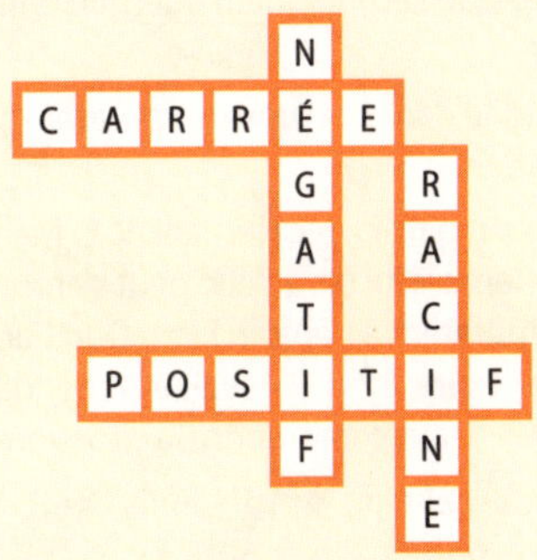

Corrigés détachables

▸ Anglais p. 24

1 1. b. took place ; 2. a. had tried ; 3. b. began.

2 It is important for British citizens of Indian origin living in the UK to realise that their history hasn't begun in the 1950s. Quite the contrary, Indians had been present in the UK way before the waves of immigration of the fifties.

3 1. → b. ; 2. → a. ; 3. → c.

▸ SVT p. 25

1 1. champignon microscopique ; 2. bactérie.

2 Au bout d'une heure, la bactérie se sera divisée 3 fois, donnant $2^3 = 8$ bactéries. Au bout de 2 heures, la bactérie se sera divisée 6 fois, il y aura $2^6 = 64$ bactéries.

3 1. Une bactérie de la famille des spirochètes.

2. La contamination a lieu quand la tique rompt la peau pour se fixer. Après la contamination, la multiplication des bactéries peut avoir des conséquences importantes : elle entraîne des problèmes articulaires, cardiaques et neurologiques.

Séquence 4

▸ Français p. 28-29

1 1. L'action se déroule en Espagne, à une époque ancienne : **doña Sol/don Carlos** pour l'Espagne, **Monseigneur/la garde de son épée** pour l'époque ancienne.

2. Les personnages sont nobles : **don/doña/quel nom, quel rang**.

3. Hernani est considéré comme un hors-la-loi : **brigand/banni**.

4. Hernani est courageux et loyal : **la main sur la garde de son épée/Il faut que vous sachiez…**

5. Hernani et Doña Sol ne savaient pas que Don Carlos était caché dans l'armoire : **ouvrant avec fracas la porte/étonné/pousse un cri/au secours !**

2 Il fallait entourer : Nom des personnages placé avant chaque réplique – Indications scéniques données en italique.

3 1. a. Hernani et Doña Sol se croient seuls, alors que **Don Carlos est caché dans l'armoire.**

b. Doña Sol appelle au secours, bien que **personne d'autre ne soit dans la pièce.**

c. Doña Sol fait confiance à Hernani, même s'**il est considéré comme un brigand.**

d. Hernani n'a pas peur de Don Carlos ; cependant **il met la main sur la garde de son épée.**

2. Doña Sol appelle au secours, [bien que] personne d'autre ne soit dans la pièce.

3. c. Le mot souligné dans chacune des phrases marque le rapport d'opposition.

4 1. Doña Sol veut partir avec Hernani. **V** 2. Mais elle peut se tromper. **E** 3. Hernani lui dit qu'elle peut s'enfuir avec lui. **A** 4. Les amants s'apprêtent à s'enfuir. **FP** 5. Don Carlos vient de sortir de son armoire. **PP** 6. Il devait étouffer dans cette armoire ! **P** 7. Il faut comprendre la situation initiale. **N**

5 1. **quel** nom, **quel** rang, **quelle** âme/**Quel** destin est caché dans le pâtre Hernani.

Il s'agit de déterminants interrogatifs.

2. d. Il y a 4 interrogations dans cette proposition.

3. Quel est le véritable nom du pâtre Hernani ?

Quel est le rang du pâtre Hernani ?

Quelle est l'âme du pâtre Hernani ?

Quel destin est caché dans le pâtre Hernani ?

6 scène d'exposition – ~~anthologie~~ – tragédie – didascalie – réplique – ~~ode~~ – ~~sonnet~~ – acte – décor – ~~euphémisme~~ – aparté – ~~feuilleton~~ – ~~impressionnisme~~ – mime – ~~journal~~ – tragi-comédie – ~~narrateur~~ – comédie – tirade – ~~encyclopédie~~ – saynète – dramaturgie

▸ Maths p. 30-31

1 Soit x le nombre de frères et y le nombre de sœurs.

On a, d'après Marie-Sophie : $x = 2(y - 1)$ donc $x - 2y = -2$

On a, d'après Carl : $(x - 1) = y$ donc $x - y = 1$

On a donc le système $\begin{cases} x - 2y = -2 \\ x - y = 1 \end{cases}$ à résoudre.

Chacune des familles comprend donc 4 frères et 3 sœurs !

2 1. → c. ; 2. → a. ; 3. → d. ; 4. → b.

3 1. → d. ; 2. → a. ; 3. → b. ; 4. → c.

4 1. → d. ; 2. → c. ; 3. → a. ; 4. → b.

5 1. La solution de l'inéquation correspond à tous les nombres strictement inférieurs à $\frac{7}{5}$.

2. La solution de l'inéquation correspond à tous les nombres inférieurs ou égaux à $\frac{17}{26}$.

3. La solution de l'inéquation correspond à tous les nombres strictement supérieurs à $\frac{4}{3}$.

4. La solution de l'inéquation correspond à tous les nombres inférieurs ou égaux à – 16.

6 1. → b. ; 2. → c. ; 3. → d. ; 4. → a.

7 Soit x le prix d'une brique.

x est solution de l'équation : $x = \frac{1}{2}x + 1$

Donc $x - \frac{1}{2}x = 1$

Donc $\frac{1}{2}x = 1$

Donc $x = 2$

Le prix d'une brique est donc de 2 €.

▸ Anglais p. 32

1 1. → b. ; 2. → c.

2 1. Our waste always ends up reaching the oceans.

2. L'Arctique est la région de la planète qui se réchauffe le plus rapidement.

3 1. Discarded plastic ; 2. Littering and dumping

▸ Physique-Chimie p. 33

1 Oui, l'acide chlorhydrique est un acide fort, le papier va virer au rouge.

2 L'acide chlorhydrique réagit avec l'acier (le fer), mais pas avec le plastique ou le verre.

3 2. H^+ ; Cl^-

4 La différence de potentiel aux bornes de ces piles est de 1,5 V.

Séquence 5

▶ Français .... p. 36-37

1 Cher Dieu,
Je m'appelle Oscar, j'ai 10 ans, j'ai foutu le feu au chat, au chien, à la maison (je crois même que j'ai grillé les poissons rouges) et c'est la première lettre que je t'envoie parce que jusqu'ici, […] j'avais pas le temps.
Je te préviens tout de suite : j'ai horreur d'écrire. […] Écrire, c'est rien qu'un mensonge qui enjolive. Un truc d'adultes. La preuve ? Tiens, prends le début de ma lettre […], j'aurais pu aussi bien mettre : « On m'appelle Crâne d'Œuf, j'ai l'air d'avoir 7 ans, je vis à l'hôpital à cause de mon cancer et je ne t'ai jamais adressé la parole parce que je crois même pas que tu existes. » Seulement si j'écris ça, ça la fout mal, tu vas moins t'intéresser à moi. Or j'ai besoin que tu t'intéresses.

Le **destinateur** est Oscar et le **destinataire** est Dieu.

Oscar écrit à Dieu pour se confier, exprimer ses sentiments (colère, désarroi …).

Cette lettre est incomplète : il manque la signature (remplacée par « Je m'appelle Oscar »), la date et le lieu d'expédition (remplacé par « je vis à l'hôpital »). Il s'agit d'un récit de soi fictif qui prend la forme d'une lettre.

2 1. Oscar a dix ans. **(E)** 2. Il a horreur d'écrire. **(E)** 3. Il ne croit pas aux bienfaits de l'écriture. **(I)** 4. Il vit à l'hôpital. **(E)** 5. Il se sent seul, abandonné. **(I)** 6. Il est révolté et en colère. **(I)**

3 **Que** (adverbe exclamatif) tu es rouge ! Je pense **que** [tu as pris un coup de soleil]. **Quand** [tu auras pris ta douche], applique la lotion apaisante **qui** (pronom relatif) se trouve sur l'étagère. Je ne te dis cela **que** (élément de la négation « ne … que ») pour ton bien et c'est le seul conseil **que** (élément d'un présentatif) je te donne.

4 1. Les autres matins (ou « Hier matin »), il est arrivé en retard.

2. Théo avait arrêté le sport.

3. Il a perdu ses clefs.

5 1. → g. ; 2. → d. ; 3. → f. ; 4. → c. ; 5. → e. ; 6. → b. ; 7. → h. ; 8. → a.

6 1. Elle a mis un short **alors que** c'est l'hiver.

2. Elle a mis un short **parce qu'**elle va à la plage.

3. Il ira voir ce film **si** elle vient avec lui.

4. Il ira voir ce film **quand/dès qu'**il sera sorti en salle.

7

A	L	T	R	U	I	S	M	E
E	R	S	L	M	T	I	U	A
M	I	U	E	S	A	T	R	L
I	A	L	T	E	U	R	S	M
T	M	R	A	L	S	U	E	I
U	S	E	I	R	M	A	L	T
R	E	I	S	A	L	M	T	U
L	T	M	U	I	R	E	A	S
S	U	A	M	T	E	L	I	R

▶ Maths .... p. 38-39

1

On peut utiliser les grilles de codage suivantes.

Pour les consonnes :

2	3	5	7	11	13	17	19	23	29	31	37	41	43	47	53	59	61	67	71
B	C	D	F	G	H	J	K	L	M	N	P	Q	R	S	T	V	W	X	Z

Pour les voyelles :

A	E	I	O	U	Y
E	I	O	U	Y	A

On obtient alors le message suivant :

59	U	Y	47
V	O	U	S

E	59	I	71
A	V	E	Z

5	I	3	13	O	7	7	43	I
D	É	C	H	I	F	F	R	É

23	I
L	E

29	I	47	47	E	11	I
M	E	S	S	A	G	E

29	A	47	53	I	43	I	!
M	Y	S	T	È	R	E	!

2 1. Faux.

2. Faux.

3. Faux.

4. Vrai.

3 1. → b. ; 2. → a. ; 3. → d. ; 4. → c.

4 1. Ce programme permet de calculer tous les multiples de 60 inférieurs à 800.

2. Le dernier nombre à s'afficher sera le multiple le plus proche (inférieur à 800) des nombres 3, 4 et 5.

3. Il suffit de rajouter 2 au dernier nombre affiché pour obtenir le nombre exact de timbres : 782 !

5 1. → c. ; 2. → b. ; 3. → c.

▶ Anglais .... p. 40

1 1. *present perfect* → *past perfect*

2. *present simple* → *simple past*

4. I → she

2 She asked him if **he knew** that GCT **had** actually **become** an ideal location for thrillers.

3 2. Yesterday, Terry Gilliam said that he was very happy he had turned Grand Central Terminal into a glittering ballroom for one scene in his film *The Fisher King*.

▶ SVT .... p. 41

1 Ce sont des mesures d'asepsie : il s'agit de mesures préventives, qui sont pratiquées pour éviter toute contamination.

2 1. **Le lavage des mains** élimine les bactéries et évite le transfert des micro-organismes des mains de la mère sur la plaie de Mathilde.

2. **L'utilisation de l'alcool à 70°** détruit les micro-organismes qui ont pu pénétrer dans la plaie.

3. **L'utilisation d'un pansement stérile** pour recouvrir la plaie permet de la protéger d'une éventuelle contamination pendant la guérison.

3 **1.** L'antibiogramme permet d'identifier l'antibiotique qui détruit les bactéries responsables d'une infection et qui sera le plus efficace dans le traitement.

2. Efficacité croissante : 7-2-5. Les antibiotiques 1, 3, 4 et 6 n'ont aucun effet.

Séquence 6

▶ Français .... p. 44-45

1 **1. Morlac :** distant, froid (« *Puisque c'est le chien…* », « *la froideur de son maître* », « *dépourvu de toute effusion* »).

Guillaume : dévoué, fidèle, perspicace, utile (« *il m'a veillé pendant toute la maladie* », « *il allait chercher de l'aide à chaque fois que j'avais besoin de quelque chose* », « *son dévouement pendant la guerre* », « *un rapport utilitaire* »).

Lantier : étonné, perplexe et aussi perspicace (« *n'en était que plus étonnante* », « *Mais il semblait y avoir autre chose* », « *que s'était-il passé […] que le prisonnier ne disait pas ?* »).

2. On peut attribuer les paroles rapportées de la dernière phrase à Lantier : c'est ce personnage qui s'interroge sur la froideur de Morlac, et qui cherche à comprendre.

3. Ces paroles rapportées sont du discours indirect libre : il s'agit d'un monologue intérieur, les pensées de Lantier sont rapportées directement, sous forme de phrase interrogative, mais il n'y a pas de ponctuation propre au discours direct (guillemets, etc.). Il n'y a pas non plus de construction indirecte avec verbe de parole suivi d'un mot subordonnant (« Lantier se demandait ce qui s'était passé entre eux que le prisonnier ne disait pas. »).

2 Il faut cocher les phrases **a**, **b** et **d**. Dans la phrase c, le verbe conjugué « dois » et le verbe à l'infinitif « penser » ont le même sujet « tu ».

3 Il faut cocher les phrases **a**, **c** et **d**. Dans la phrase b, le verbe conjugué « claquait » et le verbe au participe passé « trempée » ont le même sujet « la fillette ».

4 **1.** Nous partons à Nantes dans trois jours. **Nous y** allons en train.

2. J'ai des amis au Canada, **je les** appelle souvent.

3. Aimes-tu les hamburgers ? **Je les** aime beaucoup.

4. Ce décor de château médiéval est vraiment réaliste… **On s'y** croirait vraiment !

5 **1.** Il est **tout** (**A**) content de venir **tous** (**D**) les matins faire du sport avec **tous** (**D**) ses amis.

2. Il se retourne **tout** (**D**) le temps car il attend son arrivée à **tout** (**D**) instant.

3. Je suis **tout** (**A**) étonnée de te savoir ici.

4. **Tout** (**P**) va bien, Chloé ? Tu es **toute** (**A**) pâle et **tout** (**A**) essoufflée.

5. **Tous** (**P**) ensemble, nous y arriverons.

▶ Maths .... p. 46-47

1 **1.** → **d.** ; **2.** → **b.** ; **3.** → **a.** ; **4.** → **c.**

2 **1.** → **c.** ; **2.** → **a.** ; **3.** → **b.** ; **4.** → **d.**

3 Il y a exactement trois billes dans le sac : une bleue, une verte et une rouge !

4 **1.**

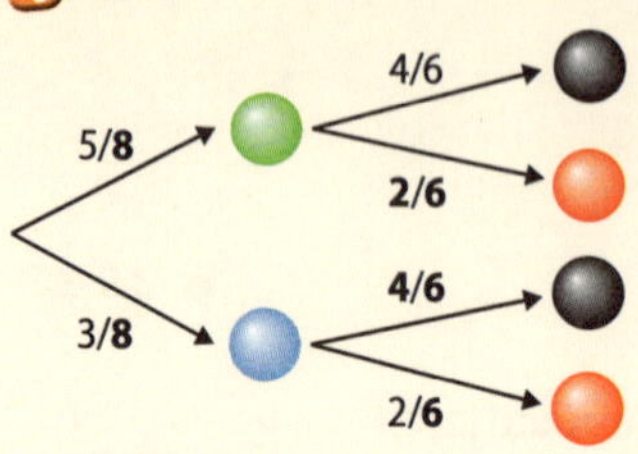

Donc $P(\{(V ; N)\}) = \frac{5}{8} \times \frac{4}{6} = \frac{5}{12}$

Donc $P(\{(V ; R)\}) = \frac{5}{8} \times \frac{2}{6} = \frac{5}{24}$

Donc $P(\{(B ; N)\}) = \frac{3}{8} \times \frac{4}{6} = \frac{1}{4}$

Donc $P(\{(B ; R)\}) = \frac{3}{8} \times \frac{2}{6} = \frac{1}{8}$

2. Ce qui a le plus de chance de se produire, c'est de manger un bonbon vert et un bonbon noir !

5 **1.** → **b.** ; **2.** → **c.** ; **3.** → **c.** ; **4.** → **c.** ; **5.** → **b.** ; **6.** → **b.**

▶ Anglais .... p. 48

1 **1.** The document is the front page **of** a newspaper called *John Bull.*

2. John Bull was known **for** his blunt opinions and his patriotism.

3. This issue was published **in** 1947. We can see a young couple who just got married.

2 **1.** The scene takes place after a wedding.

2. There are two people in a car.

3. The style is typical of the 1940s.

3 **1.** Wrong. **2.** Right. **3.** Wrong.

▶ Physique-Chimie .... p. 49

1 **1.** → **c.** ; **2.** → **a.** ; **3.** → **b.**

2 **1.** La puissance du moteur est de 1500 W.

2. Sa vitesse de rotation est de 1480 tours/min.

3 $P = U \,.\, I$, donc $I = \frac{P}{U}$

$I = \frac{40}{230} = 0{,}17$

L'intensité qui circule dans une lampe de 40 W, alimentée sous une tension de 230 V, est de 0,17 A.

4 $E = P \,.\, t$, donc $E = 25 \times 365 = 9\,125$

L'énergie consommée par une lampe de 25 W qui fonctionne en moyenne une heure par jour, pendant un an (365 jours) est de 9 125 Wh (9,1 kWh).

Séquence 7

▶ Français .... p. 52-53

1 **1.** → **a.** et **b.** ; **2.** → **c.** ; **3.** → **e.** ; **4.** → **b.**

2 **1.** Écouter le bruit de la mer, j'adore cela.

2. Des tomates, j'en voudrais un kilo.

3. Aujourd'hui, j'ai rencontré Léa au marché.

4. Mon grand frère, tout le monde l'aime.

3 C'est demain que nous fêtons l'anniversaire de Karim (**E** et **D**). Tous ses amis, absolument tous, seront là (**R**). Sa sœur

Amina, elle, ne pense pas pouvoir venir (**R**). Voici le cadeau que je lui ai choisi (**E** et **D**). À minuit, nous lui ferons une surprise (**D**).

4 Ce projet, voilà plus d'un an que je le prépare. → **Je prépare ce projet depuis plus d'un an.**

5

Verbe conjugué	Infinitif	Temps du subjonctif
(Que) je parte	*Partir*	*Présent*
(Que) tu fusses venu	*Venir*	*Plus-que-parfait*
(Qu') il crût	*Croire*	*Imparfait*
(Qu') elles aient reçu	*Recevoir*	*Passé*

6 **1.** Je suis surprise que cela **soit** possible et que tu **réussisses** aussi facilement. (**E**)

2. Franchement, qu'on **puisse** en arriver là, ça me dépasse ! (**I**)

3. J'ai bien peur qu'elle **ait** trop de mal à s'habituer et qu'elle **parte** vite. (**C**)

4. Comme j'aimerais que tu **fasses** un peu plus de sport et que tu **ailles** nager régulièrement ! (**S**)

5. Qu'on **se taise** et qu'on **se range** immédiatement ! (**O**)

7

U	U	M	S	T	C
M	U	C	U	S	
M	U	S	C		
S	T	U	C		
M	U	S			
T	U	T			
S	U	C			

▶ Maths .... p. 54-55

1 **1.** • Le triangle BFC est rectangle en F donc d'après le théorème de Pythagore : $BC^2 = BF^2 + FC^2$

Or BF = FC (car ABCD est un carré)

Donc $BC^2 = 2BF^2$

Donc $BF^2 = \dfrac{BC^2}{2}$

Donc $BF^2 = \dfrac{230^2}{2}$

• Le triangle BEF est rectangle en F, donc, d'après le théorème de Pythagore : $EB^2 = BF^2 + FE^2$

Donc $EB^2 = \dfrac{230^2}{2} + 137^2 = 45\,219$

Donc $EB = \sqrt{45\,219} \approx 213$ m

2. Le triangle BEF est rectangle en F, on peut donc y appliquer les formules de trigonométrie :

$\tan(\widehat{FBE}) = \dfrac{EF}{FB}$, donc $\tan(\widehat{FBE}) = \dfrac{137}{\frac{230}{\sqrt{2}}} = \dfrac{137\sqrt{2}}{230}$

donc $\widehat{FBE} \approx 40°$

2 **1.** → **b.** ; **2.** → **c.** ; **3.** → **d.** ; **4.** → **a.**

3 **1.** Vrai.

2. Vrai.

3. Vrai.

4. Vrai.

5. Vrai.

4 **1.** → **c.** ; **2.** → **b.** ; **3.** → **a.**

5 Le triangle ABC est **rectangle en A** donc je peux y appliquer les **formules de trigonométrie**.

On a en particulier : $\sin(40°) = \dfrac{AC}{BC}$.

On en déduit donc que : $BC = \dfrac{AC}{\sin(40°)}$.

Application numérique : $BC = \dfrac{7}{\sin(40°)} = $ **10,9 cm**.

6

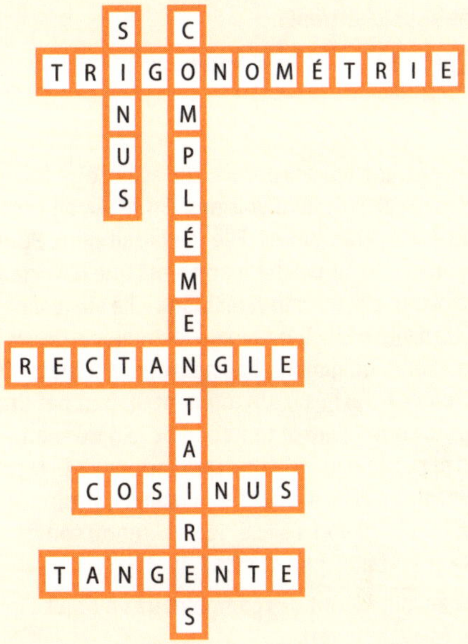

▶ Anglais .... p. 56

1 **1.** → **c.** ; **2.** → **a.** ; **3.** → **b.**

2 **1.** Migrants **are needed** in the UK, say some economic and political analysts.

2. Refugees **mustn't be forced** to return to a country where they are at risk of human rights abuses, says Amnesty International.

3 They have been forced/were forced to leave their homeland.

▶ SVT .... p. 57

1 Les étapes de la phagocytose sont les suivantes : *Bactérie détectée* (**d.**), *Absorption* (**b.**), *Digestion* (**a.**), *Rejet des produits de la digestion* (**c.**).

2 C'est Léo qui est malade : les résultats de son analyse montrent une augmentation du nombre de leucocytes et phagocytes, signe d'une infection.

3

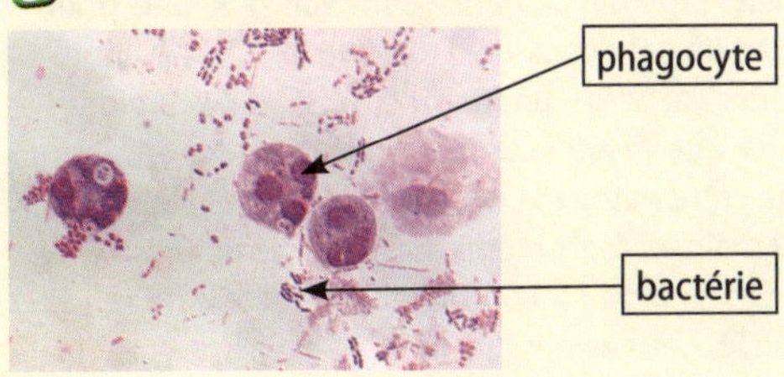

Corrigés détachables

Séquence 8

▶ Français .... p. 60-61

1 Le narrateur connaît Antoinette ~~depuis peu de temps~~. Ils se sont rencontrés quand ils avaient moins de vingt ans l'un et l'autre. Ils habitaient dans le même quartier et se sont parlé pour la première fois ~~à l'église~~ : Antoinette avait fait tomber son gant, le narrateur l'a ramassé ~~et l'a mis dans sa poche~~. ~~Antoinette lui a couru après pour le rattraper~~.

2 s'absenter – ~~se laver~~ – se repentir – ~~se croire~~ – s'empresser – se blottir – ~~se plaire~~ – se désister – ~~se lever~~ – se rebeller

3 **1.** et **2.**

Antoinette… Quand je l'ai connue, elle avait seize ans. J'en avais dix-neuf. Nos familles étaient voisines. On se voyait presque chaque jour. Mais j'étais timide. Elle me faisait peur. Pourtant j'ai fini par l'aborder. Un dimanche matin alors que je sortais, je l'ai vue sur le trottoir. Elle était tout en blanc. Elle allait sans doute à la messe. Elle a laissé tomber un gant. Je me suis précipité pour le ramasser. C'était un gant de batiste très fine à jours, du linon blanc exactement. J'ai hésité un moment un peu par timidité, un peu aussi parce que j'avais la tentation de le garder en souvenir ce gant, cette petite main d'étoffe que je pouvais écraser dans ma main, enfoncer dans ma poche, la main d'Antoinette… Finalement j'ai couru après elle et je lui ai rendu son gant. Ça y était, nous avions fait connaissance !

3. Les mots encadrés sont des compléments d'objet direct (COD). Ils sont placés avant le verbe.

4 **1.** Les vacanciers sont nombreux à aller à la mer. **(N)**

2. Ibrahim a bien regretté de ne pas pouvoir venir. **(S)**

3. Il est sûrement trop tard. **(S)**

4. Nous partirons dimanche à sept heures du matin. **(N)**

5. Pour moi, cette robe est la plus jolie du magasin. **(S)**

6. Les écoliers débutent les vacances d'été en juillet. **(N)**

5 **1.** Ce film est génial, je l'ai adoré ! → *Adjectif/verbe*

2. Heureusement, sa fille est absolument charmante. → *Adverbe/adverbe/adjectif*

3. Je pense que notre formidable équipe de France va gagner la Coupe du monde ! → *Verbe/déterminant possessif/adjectif*
Le point d'exclamation marque également la subjectivité en exprimant l'émotion ou le sentiment de l'énonciateur.

6 Antoinette… Quand je l'ai connue, elle avait seize ans. J'en avais dix-neuf. Nos familles étaient voisines. On se voyait presque chaque jour. Mais j'étais timide. Elle me faisait peur. Pourtant j'ai fini par l'aborder. Un dimanche matin alors que je sortais, je l'ai vue sur le trottoir. Elle était tout en blanc. Elle allait sans doute à la messe. Elle a laissé tomber un gant. Je me suis précipité pour le ramasser. C'était un gant de batiste très fine à jours, du linon blanc exactement. J'ai hésité un moment un peu par timidité, un peu aussi parce que j'avais la tentation de le garder en souvenir ce gant, cette petite main d'étoffe que je pouvais écraser dans ma main, enfoncer dans ma poche, la main d'Antoinette… Finalement j'ai couru après elle et je lui ai rendu son gant. Ça y était, nous avions fait connaissance !

7 L'anagramme est : *Les Misérables*, de Victor Hugo.

▶ Maths .... p. 62-63

1 **1.** Les droites (MB) et (**NC**) sont sécantes en **A**.
Les droites (**MN**) et (BC) sont **parallèles**.
D'après le théorème de Thalès, on a l'égalité des rapports :

$$\frac{AM}{\mathbf{AB}} = \frac{\mathbf{AN}}{AC} = \frac{MN}{BC}$$

On en déduit que : AM = **3,75** cm.

2. Les droites (**DE**) et (**DF**) sont sécantes en **D**.
Les droites (**EF**) et (**PQ**) sont **parallèles**.
D'après le théorème de Thalès, on a l'égalité des rapports :

$$\frac{\mathbf{DE}}{\mathbf{DQ}} = \frac{\mathbf{DF}}{\mathbf{DP}} = \frac{\mathbf{EF}}{\mathbf{PQ}}$$

On en déduit que : PQ = **6,4** cm.

2 **1.** Vrai.

2. Vrai.

3. Faux.

4. Faux.

5. Vrai.

3 **1. → b.** ; **2. → a.** ; **3. → a.**

4

▶ Anglais .... p. 64

1 **1.** Detective Chief Superintendent Foyle consistently introduces himself with **the** phrase: "My name is Foyle. I'm a police officer."

2. There is **an** episode where he reproaches **Ø** Sergeant Milner for disloyalty.

2 **1. a.** L'article précède un nom de métier.

2. a. L'article indique une notion.

3 Non. La phrase correcte aurait été : « He is portrayed as **a** very open-minded man for his time ».

▶ Physique-Chimie .... p. 65

1 $P = m \cdot g$, donc $P = 0{,}25 \times 10 = 2{,}5$
Le poids d'un paquet de café de 250 g est de 2,5 N.

2 Le poids le plus élevé est celui du kilogramme de plumes car l'attraction est plus élevée sur la Terre que sur la Lune.

3 $E = \frac{1}{2}mv^2$ où m est la masse de l'objet exprimée en kg, et v sa vitesse en mètre par seconde.

$$E = \frac{1}{2} \times 750 \times \left(60 \times \frac{1\,000}{3\,600}\right)^2 = 104\,167$$

L'énergie cinétique de la voiture est donc de 104 167 J.

4 1. Il y a 3 600 secondes dans une heure. On divise 50 000 m par 3 600, ce qui donne 13,9 soit environ 14 m par seconde.

2. La distance d'arrêt est de 40 + 14 = 54 m.

Séquence 9

▶ Français .... p. 68-69

1 1. Brahim est « maître-charmeur » (charmeur de serpents).

2. Le spectacle de Brahim n'était plus attrayant car « les serpents ne répondaient plus à la musique de leur maître-charmeur » (ils ne dansaient plus).

3. Les serpents ne réagissent plus parce qu'ils sont « fatigués, trop âgés ».

4. Brahim va « changer d'animaux » (il « acheta une vipère brillante, jeune et vive. »).

2 1. → b. ; 2. → b. ; 3. → a. ; 4. → a. ; 5. → a.

3 Mes petits, il faut me faire plaisir et m'aider (**P**). Si vous ne dansez plus, nous ne gagnerons plus d'argent (**C**). Certes, vous êtes fatigués car vous êtes âgés (**C**). Cependant, la misère et le désespoir nous menacent (**P**). Faites-un effort, soyez courageux (**P**).

4 1. précédant ; 2. fatigantes ; 3. suffocant ; 4. différant ; 5. excellent ; convaincant ; 6. influente.

5 1. Laisse donc tes amis tranquilles (**AC**). 2. Paul et Thibaud ne sont jamais silencieux (**AS**). 3. Nino juge ces propos vraiment excessifs (**AC**). 4. Romain a toujours l'air content (**AS**). 5. Adèle est en grande forme (**E**). 6. Tu l'as rendu plus confiant (**AC**).

6 1. Ces fillettes me paraissent **heureuses**. 2. Mes amies sont parties hier **ravies**. 3. L'animateur tient les adolescents pour **responsables** du chahut. 4. Ce film a rendu mes cousins très **enthousiastes**. 5. Le magistrat juge les preuves **accablantes**.

7 Le seul mot français de quatre lettres uniquement composé de voyelles (sans le y) est le mot **ouïe**.

▶ Maths .... p. 70-71

1 1. → d. ; 2. → c. ; 3. → a. ; 4. → b.

2 1. → d. ; 2. → a. ; 3. → b. ; 4. → c.

3 1. C'est la représentation graphique d'une fonction.

2. C'est la représentation graphique d'une fonction.

3. Ce n'est pas la représentation graphique d'une fonction.

4 1. La représentation graphique est une **droite** qui passe par **l'origine** du repère et qui n'est pas l'axe des ordonnées. C'est donc la représentation graphique d'une **fonction linéaire**.

Cette droite passe par le point O (0 ; 0) et par exemple par le point A (3 ; **2**).

La fonction f ainsi représentée s'écrit donc : $f : x \mapsto \frac{2}{3}x$.

5 1.

$f(6) = -1$	$g(6) = 4$	$h(0) = -4$
$f(5) = 0$	$g(3) = 2$	$h(1) = -2$

2.

$f(x) = -x + 5$	$g(x) = \frac{2}{3}x$	$h(x) = 2x - 4$

6

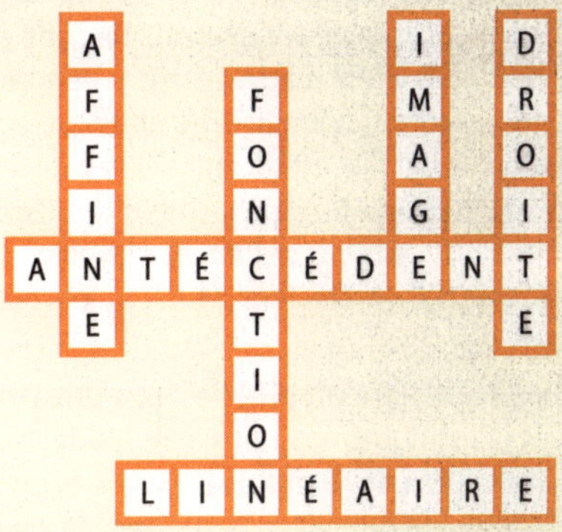

▶ Anglais .... p. 72

1 1. contentious

2. the Confederate flag

3. the shooting

2 1. He is determined **to** try **to** change things.

2. Obama has never wanted his presidency **to** be defined by his skin colour.

3. Let me tell **Ø** you that going back to business as usual, as we so often do, isn't an option.

4. We know that whatever solutions we find will **Ø** be incomplete.

3 2. I can't stand reading this.

3. I would like to thank you for being here today.

▶ SVT .... p. 73

1 Les **globules rouges** transportent les gaz respiratoires (O_2 et CO_2).

Les **globules blancs** assurent les défenses de l'organisme.

Les **plaquettes** permettent la cicatrisation des plaies et stoppent les hémorragies.

Le **plasma** transporte les globules rouges, blancs et les plaquettes ainsi que tous les éléments dont le corps a besoin (nutriments).

2 **Groupe A :** présence d'anticorps anti-B dans le plasma.

Groupe B : présence d'anticorps anti-A dans le plasma.

Groupe AB : aucun anticorps dans le plasma.

Groupe O : présence d'anticorps anti-A et anti-B dans le plasma.

3 **Groupe sanguin de Fred :** groupe AB.

Groupe sanguin de Sophie : groupe B.

Histoire-Géographie-EMC

n°1 **a, b, c, d.** Après une guerre de position d'août à décembre 1914, les soldats s'enterrent dans les tranchées jusqu'au printemps 1918.
À partir de l'été, les offensives alliées qui mèneront à la victoire sont lancées. Les armées disposent chacune d'armes destructrices destinées à tuer massivement et adaptées à la guerre de tranchées (chars, mitrailleuses, obus, gaz asphyxiants, avions). Le champ de bataille est un enfer et le bilan est lourd : 10 millions de morts, majoritairement des soldats âgés de 18 à 27 ans, et des millions de blessés, dont les « gueules cassées ». Plus d'un million de civils arméniens périssent lors du génocide du printemps 1915.

n°2 **1d, 2a, 3b, 4e, 5c.** Être citoyen, c'est être une personne avec des droits civils et politiques reconnus dans les déclarations, telles que la Déclaration des droits de l'homme et du citoyen. Par exemple, la citoyenneté permet de participer à la vie politique en étant électeur ou éligible, d'accomplir son service militaire et son devoir de défense, ou encore d'être juré.

n°3 Le régime de Vichy, incarné par Pétain, est antirépublicain. À partir de l'appel du 18 juin 1940, le général de Gaulle, qui refuse la défaite et invite les Français à continuer le combat, incarne la « France libre ».

1. La Résistance	2. Le régime de Vichy
refus de collaborer, sabotages et renseignements, débarquement de Normandie	« Travail, Famille, Patrie », révolution nationale, STO (Service du travail obligatoire)

n°4 **b, d, e.** La loi du 28 octobre 1997 permet à la France d'adapter sa Défense au nouvel ordre international mondial. Elle atteste de la professionnalisation de l'armée et de la réforme du service national (fin de la conscription). Depuis 1997, garçons et filles accomplissent les étapes du parcours de citoyenneté : en 3e et en 1re la formation à l'esprit de défense, à 16 ans le recensement à la mairie de leur commune et entre 16 et 18 ans, la Journée défense et citoyenneté, organisée par l'armée, qui les fait réfléchir sur l'esprit d'engagement dans la société. La mise en place d'un Service national universel (SNU) vise à impliquer la jeunesse française dans la vie de la nation, à promouvoir la notion d'engagement et à favoriser un sentiment d'unité nationale autour de valeurs sociales. Près de 3 000 jeunes ont participé à la phase d'expérimentation du SNU, du 17 au 28 juin 2019 dans 13 départements représentatifs de la diversité des territoires.

n°5 **a, b, d.** Les attentats du World Trade Center du 11 septembre 2001 sont un événement traumatisant pour le monde occidental, car ils illustrent la montée en puissance de la menace terroriste que représente al-Qaïda, aujourd'hui supplantée par Daech. La possession de l'arme nucléaire par certains États (la Corée du Nord) est aussi source d'inquiétude. Au Proche-Orient, les tensions restent fortes entre Israël et la Palestine, qui revendiquent chacun un État. La disparition du bloc soviétique réveille les nationalismes en Europe, notamment en ex-Yougoslavie : à partir de 1992, ce pays se disloque dans une guerre civile et ethnique marquée par des atrocités et un long siège à Sarajevo.

n°6 **b, c, d.** L'archipel de la Guadeloupe est situé dans l'océan Atlantique. La Guadeloupe est un DROM (département et région d'outre-mer) français. Comme tous les départements de France, elle fait partie de l'Union européenne et, à ce titre, bénéficie d'aides.

n°7 **c.** Le génocide est la destruction programmée et méthodique d'un peuple. L'Holocauste désigne l'extermination des Juifs par les nazis. La Shoah, mot d'origine hébraïque signifiant « catastrophe », désigne l'assassinat des Juifs d'Europe.

n°8 **c.** Hitler devient chancelier d'Allemagne le 30 janvier 1933 et reste au pouvoir jusqu'en 1945. Dans son livre *Mein Kampf*, publié en 1925, il exposait son programme, à savoir la mise en place d'un État totalitaire et raciste.

n°9 **a, b, c, d.** La France est la 5e puissance mondiale. Ses territoires font qu'elle est présente sur tous les continents du monde. Patrie des droits de l'homme, elle est aussi membre permanent du Conseil de sécurité de l'ONU. Elle exerce une influence culturelle, géopolitique et économique dans le monde.

n°10 **a, b, c, d.** La nationalité représente l'appartenance d'un citoyen à une nation et en ce sens, lui accorde des droits en échange de devoirs.

n°11 **a, b, c.** L'objectif des deux États, qui dominent chacun un bloc, est de discréditer l'autre à l'aide de la propagande.

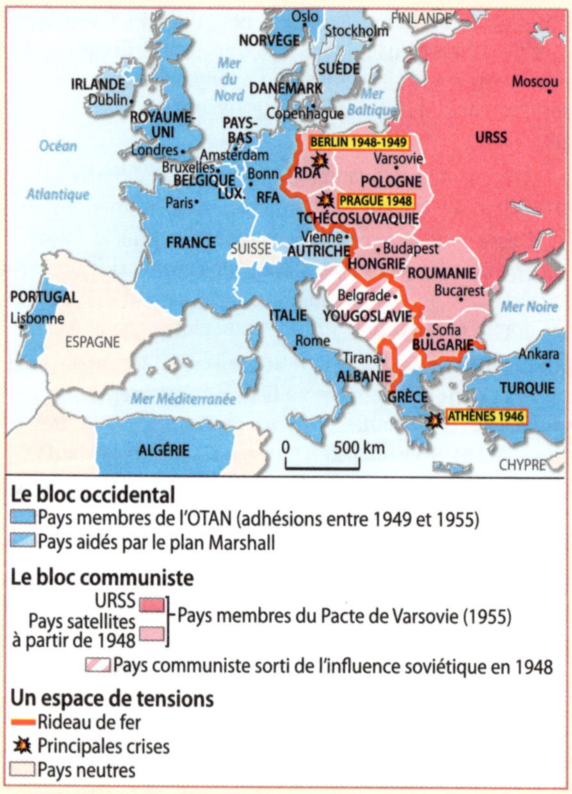

n°13

a. Démocratie	b. Régime totalitaire
pluralisme politique et élections libres, liberté d'expression	propagande active, système concentrationnaire, police politique, encadrement de la jeunesse

L'Allemagne nazie et l'URSS sont dirigées par un parti unique : le NSDAP en Allemagne, le Parti communiste en URSS. La police politique (Gestapo en Allemagne et NKVD en URSS) traque les opposants au régime, qui sont déportés dans des camps (camps de concentration en Allemagne et goulags en URSS).

La propagande et les organisations pour la jeunesse contrôlent la société.

n°14 1b, 2c. Jusqu'en 1960, le Sénégal est une colonie française. Léopold Sédar Senghor est la grande figure de l'émancipation pacifique de ce pays. Il a été le premier président élu et réélu de la République du Sénégal de 1960 à 1980. Homme de lettres et poète, il a été élu membre de l'Académie française en 1983.

n°15 c. Le péricentre est le territoire, dans l'aire urbaine, qui est proche du centre-ville. La métropolisation désigne la concentration des hommes et des activités de décision, de conception et de direction dans les plus grandes métropoles.

! Bon à savoir

L'aire urbaine est l'ensemble formé d'une ville-centre et de son centre-ville, d'un péricentre, de communes suburbaines et de communes périurbaines.

n°16 1c, 2d, 3b, 4e, 5a. Si un texte de loi est déposé par le gouvernement, on parle de projet de loi. S'il émane du Parlement, on l'appelle proposition de loi. Quand le texte de la loi en projet est voté par une assemblée, il est ensuite transmis à l'autre assemblée jusqu'à l'adoption d'un texte commun. C'est ce que l'on appelle la navette. S'il existe un désaccord entre les deux assemblées, c'est l'Assemblée nationale qui décide en dernier ressort. La loi est portée à la connaissance de tous quand elle paraît au *Journal officiel*. Pour qu'elle soit applicable, le gouvernement doit publier un décret d'application.

n°17 c1. Suite à l'élection du Front populaire, le 3 mai 1936, les congés payés deviennent obligatoires, à raison de 2 semaines par an. La coalition de partis de gauche adoptera également d'autres mesures sociales, comme la semaine de travail de 40 heures, l'augmentation des salaires (7 % pour les plus élevés et 15 % pour les plus bas), la liberté syndicale, l'élection de délégués du personnel (dans les entreprises comptant plus de 10 salariés) et les conventions collectives.

n°18 a, b. L'adhésion successive de nouveaux États à l'Union, de 1973 à 2013, représente un élargissement de la construction européenne. L'extension des compétences de l'Union européenne est quant à elle un approfondissement de cette construction. Le traité de Maastricht, qui institue l'union économique et monétaire et la citoyenneté européenne, en est un exemple.

n°19 b, d. Suite à la Libération, plusieurs référendums sont organisés, dont celui qui permet l'adoption de la nouvelle Constitution de 1946 instituant la IVe République. De nouvelles lois sont alors votées, et les mesures prises sous le régime de Vichy sont annulées.

n°20 a, c, d, e. L'Europe accueille des migrants économiques et des réfugiés politiques. Ces derniers fuient la guerre et la dictature de leur pays dans l'espoir de trouver une vie meilleure en Europe, qu'ils considèrent comme un espace de paix et de démocratie.
L'UE occupe par ailleurs le premier rang mondial dans les secteurs du commerce, du tourisme et des investissements directs à l'étranger.

n°21 a, c. De 1947 à 1989, l'Allemagne est coupée en deux États : la République fédérale d'Allemagne (RFA) et la République démocratique allemande (RDA), qui rejoignent respectivement le bloc de l'Ouest et le bloc de l'Est. La RDA, démocratie populaire, adopte le système politique du Parti communiste et se dote d'une économie socialiste.

n°22 a, c, d, e. Strasbourg constitue un carrefour de liaisons à grande vitesse : air, rail, route (200 destinations internationales possibles).

n°23 a, c. À la fin de la Première Guerre mondiale, les traités de paix démantèlent les quatre empires (russe, austro-hongrois, ottoman et allemand) et créent de nouveaux États. L'Autriche et la Hongrie deviennent des États indépendants. La Lituanie, la Lettonie et l'Estonie sont créées au détriment de la Russie. On espère que la SDN, ou Société des Nations, permettra, par le droit, d'en finir avec la guerre. Mais des tensions importantes subsistent, notamment à cause des minorités nationales, dont les minorités allemandes. Voir aussi cartes p. 96.

n°24 1d, 2c, 3a, 4b. Le vote de ces lois et accords témoigne de la volonté des politiques de répondre à plusieurs attentes sociales : celles des « baby-boomers » (qui ont 20 ans lors du mouvement de mai 1968), celles des femmes qui luttent pour la reconnaissance de leurs droits, et celles des victimes de la crise économique liée aux chocs pétroliers de 1973 et 1979.

n°25 a, c, d. La laïcité garantit à chacun la liberté de conscience car elle laisse libre de croire ou de ne pas croire. Depuis 2013, la laïcité fait l'objet d'une charte affichée dans toutes les salles de classe.

n°26 a, c. Hitler expose dans son livre *Mein Kampf* sa vision raciste du monde. Selon lui, les Aryens sont de « race supérieure » et doivent être protégés. Les Juifs et Tziganes sont quant à eux de « race inférieure » et doivent être éliminés.

n°27 a, c, d, e. La Seconde Guerre mondiale fait plus de 50 millions de victimes mais la majeure partie est constituée de civils. Ils ont subi les bombardements classiques et atomiques mais ont aussi été massacrés, déportés et victimes de représailles.

n°28 b, c, d, e. Les espaces peu peuplés sont souvent situés dans les massifs montagneux ou éloignés des littoraux. Ils peuvent miser sur le tourisme vert et l'agriculture de qualité, mais également sur la protection du patrimoine et de l'environnement.

Page suivante : les cartes de l'Europe en 1914 et de l'Europe au lendemain de la Première Guerre mondiale. →

L'Europe en 1914

L'Europe au lendemain de la Première Guerre mondiale

Conception graphique : Yannick Le Bourg et Muriel Ouziane
Édition : Marie Gendrier
Réalisation : Linéale
Cartographie : Marie-Christine Liennard, Christel Parolini, Valérie Goncalves
Illustration mouette couverture : Nicolas Francescon
Crédits photographiques : © A. Barrington/Science Picture Library/Cosmos : p. 43 ; © Raymond Darolle/Europress/Sygma/Corbis : p. 51 ; © Costa/Leemage : p. 11 ; © Bibliothèque Marguerite Durand/Roger Viollet : p. 35 ; © Edouard Boubat/Gamma Rapho : p. 27 ; © Fotolia.com : p. 19, p. 24, p. 25, p. 40, p. 43, p. 49, p. 59, p. 67, p. 75 ; © ISM : p. 57 ; © Istockphoto.com : p. 11, p. 19, p. 56 ; © Keystone-France/Gamma Rapho : p. 35 ; © NYSCA : p. 16 ; © Rue des archives : p. 51 ; © SFSG : p. 32 ; © The Advertising Archive/Bridgeman Images : p. 48 ; © Wikipedia : p. 41.

Achevé d'imprimer en mars 2023 par Aubin Imprimeur.
N° éditeur : MAGSI20220117
Dépôt légal : avril 2023

PEFC 10-31-1601 Certifié PEFC pefc-france.org
FABRIQUÉ EN FRANCE
IMPRIM'VERT Votre imprimeur agit pour l'environnement